JN022267

目次

四季折々に触れて（季節の中で）

　1年12ヵ月で春夏秋冬、それを季節ごとに分けると二四節気、七二候となる。農民の人々は、季節の変化の中で作物を育てており、春夏秋冬の季節をさらに細分化してどの時期になったら、種をまき、田植えを何時にして、いつごろに穫り入れなど考えて農作業をおこなう。この気候の考え方は、中国から来ていると言われている。

　また、その折々の季節には、季語がある。最近では季語と言われても、何のことと言う人もいて、とりわけ若い人たちには多いと思う。だから私は、説明するときには、その季節ごとに自然（天候など）、花々、生業、祭りごと、庶民の生活などに対して使う季節の言葉であると説明をしている。特に俳句や短歌では用いられている。日本列島は南北に細長い島国であるから、四季の変化が豊かである。それだけに四季が楽しく、季語の言葉も独特の文化がある。そんな四季を私は抱きしめながら恋をしている。

　花々たちは、蕾を膨らませ陽光の中で春はまだかまだかと待ちわびている。

恋人たちも温もりの春を待ちわびている。そんな１年の季節という揺りかごに抱かれながら、自然の大地に喜びを抱きしめて一歩一歩ゆっくりと歩いて楽しんでいる。世界に誇れる日本列島の南から北までの美しい四季は、人々の生活の中で自然の厳しさを知り、豊かな大地に育まれながら人生にほっこりと安らぎを与えてくれる。そして、めぐる四季は私の人生を豊かにしてくれる。こうして春、夏、秋、冬の二四節気七二候として１年は巡る。

春遠からじ（立春～穀雨）

土筆も春に誘われてニョキニョキ
土手の温かい土の温もり
碧空に顔を出す季節となる
春に誘われて
春の花々たちは、蕾を膨らませ陽光の中で
春はまだかまだかと首を伸ばし待ちわびている
恋人たちも温もりの春を待ちわびている

梅は咲いたか桜はまだかいな

蕾の膨らみが花開く
1月2月の寒さも和らぎ3月初旬
澄みきった晴天の陽光に三寒四温の綱引きが
梅の白梅、紅梅が咲き始める
梅に鶯ホーホケキョと鳴きはじめる
桜の季節までもあともう少しと蕾は温かい季節を待ちわびる
「梅は咲いたか桜はまだかいな」と歌いたくなる陽気
春が来た～春が来た～何処に来た～
春の～うらぁ～らぁ～の～隅田川～である
桜の蕾も澄みわたる青空と日差しに

日 1 日と蕾は膨らみを見せている
3 月過ぎて 4 月には桃色に染め開花する
ソメイヨシノ、大島さくら、八重桜と桜々と青空を染める
次々と南から北へと桜は季節とともに開花してゆく
日本列島の素晴らしい四季の春
一輪また一輪と開花し春風の中で揺らぐ
やがて花びらはひらひらと舞いながら
ピンクの絨毯をしきつめる
春を惜しんで散っていく
童子は針に糸をつけて花びら刺し
桜の花飾りを作る

そよ風たなびく新緑

春が去り 5 月を迎えると新緑の季節を迎える
それぞれの木々たちは太陽の日差しを浴びて会話する
温かい爽やかな風に新緑は気持ちよさそうにお喋りを
眩しい陽光と爽やかな風に木々の葉々が揺らぎ
緑色の葉々の隙間から陽光が瞳をさす
4 月の桜に対抗するように藤が薄紫に色づく
複雑に絡み曲がりくねった藤の枝からは
紫色の藤が垂れ下がり優しく揺らぐ
新緑の皐月は私のためにあると人々を引き付ける季節
髪に刺した藤の簪（かんざし）が揺れる
また 5 月の季節は菖蒲がたくさんの水分を吸収し

細長く伸びた枝先に紫や白い花を咲かせ
5月の季節に色を添える

童子の黄色い声が弾む

晴天の空を見上げると
紺碧の天空には鯉が気持ちよさそうに泳いでいる
自由をまるで満喫しているように
甍の屋根の鯉のぼり～
粽食べ食べ～
こどもの日にしょうぶ湯に浸かる
童子たちが無病息災元気な強い子にと

水田地帯では田植えの季節が始まる

今では人々に代わって機械が働くが
千枚田の棚田では腰を曲げてを苗を1本1本植える
秋の黄金の穂をと綺麗に水田に植え付けられ
山間部では夕暮れの中で棚田が幻想を映しだす
爽やかな5月の気候の中で

夏が来る前に

新緑があっという間に過ぎ去り
6月の空は曇天の日々が訪れ梅雨が来る
時よる降る雨の中で寒さもほんの少し感じる季節
庭に植えられた紫陽花もこの季節を待っていた
一雨ひと雨ごとに葉の色が濃くなり生き返る
そして、カタツムリが紫陽花の葉に揺れながら
ゆっくりゆっくりと揺れる葉を這いずる
紫陽花はそんな雨の中で
紫、桃、白とそれぞれが色を染める
雨あめ降れふれ母さんが〜
お家の前で待っている〜
ピッチピッチ　チャップチャップ　ランラン〜と
童子たちは水たまりにハミングとダンスを
一雨ひと雨が緩んで過ぎてゆく
やがて6月の梅雨の季節から夏へと向かう

灼熱の夏（立夏〜大暑）

雨のち曇りのち青空が夏を迎える季節は
サマータイム到来
山海の季節は
我は海の子白波の〜
山も呼んでいるヤッホーと木霊する
童子たちが植えた朝顔のつるも
ぐんぐんと晴天の空に向かって伸びてゆく
トランペットさながら紫の色を
早朝から新鮮な空気を吸い込み広げる朝顔
そして夕暮れ時のとばりと共に眠りにつく
太陽の日差しをたっぷりと独り占めし吸収し
太陽に負けまいと向日葵は
背丈を青空に向かって伸び
顔は真黄色に日焼けする
黄色い大輪をさらに広げ向日葵は明るく微笑む
向日葵で思い出されるは強烈な画家ゴッホ

夏祭り

風鈴の音が夏風に揺れ
チリンチリンと暑い夏に
涼しさと安らぎをあたえる
そんな夏も太鼓や金の音の夏祭り
昔〜神社の神様は〜
ドンドンヒャララドンヒャララピーヒャララ〜
……村の楽しい夏祭り〜
ピーヒャラドンドンと鳴り響く笛や太鼓の音
神輿や山車の行列に戯れる童子たち
笑顔と黄色い声が汗に濡れる
童子たちは汗をかきながら
かき氷や西瓜を小さな口を大きく広げ
日焼けした笑顔で頬張る
大人たちは縁台で冷たいビールを
団扇を仰ぎ将棋の駒と格闘
縁台の下には豚の蚊取り線香の煙が
鼻を刺し蚊を退治する
夜には各地で暗闇のキャンバスに大きな大輪を
ドーンという音とともに色鮮やかに咲かせる
ドーンとなった花火はきれいだな〜
人々は大輪の花火に大きな歓声を沸かせる
玉屋〜鍵屋〜と威勢の良い声が夜空に響き盛り上げる
そんな夏も夜空の大輪が終わり
叩きつけるような蟬の声も消えてゆく

7日間の命を惜しむように
9月の残暑の中で秋を迎えるころ
そろそろ味覚の秋が来る
夏の日差しをたっぷりと吸収した果実
秋の味覚が甘い香りを風に乗せて
味覚の秋を迎え食べごろ収穫ですよと
ブドウやナシなどの果実が実る

あかねの空（立秋〜霜降）

もう夏から秋が日１日と忍び寄り
空高くイワシ雲がたなびく
夕焼け小焼けで日が暮れて〜
土手を歩く童子の影はシルエットを描く
西に沈む太陽の中で赤とんぼは泳ぐ
秋が来た秋が来たと
夕焼け小焼けの赤とんぼ〜
スイスイと茜の空に溶け込むように消えてゆく
赤とんぼは永遠の命
鈴虫も秋の夜長にリ〜ン、リ〜ンと
ほら松虫も鳴いているチンチロチンチロチンチロリン〜
あー秋が来たと夕暮れの茜の空を見上げる

豊年の秋風にたなびく稲穂

５月の田植えから育てられた稲
稲穂は豊作を迎えるように
黄金色がたわわに実り
湾曲に垂れ下がった稲穂は収穫の秋へと
今年は豊作なのであろうかと

刈り取られた稲穂の季節が過ぎると
もう冬の到来が待ち構えている
春夏の木々たちは、そろそろ役目が終わったと
寒さに身支度をして新緑の色から葉は黄色に変身
秋のコスモスが秋風に揺らぎ
土手には彼岸花（曼珠沙華）が鮮血の色を付けて咲く
お彼岸を迎え先祖様にナ〜ム〜と手を合わせての供養
山々ではそろそろ紅葉が色鮮やかに
秋の風景を作くりあげる
夕暮れにお寺の鐘が寂しく鳴り響き
童子たちは茜の夕暮れに
夕焼け小焼けで日が暮れて〜
と家路へと急ぐ
鳥たちも塒へと帰ってゆく

銀色ウエーブ

爽やかな秋風の中で湿原や川原には
ススキが銀色のウエーブ
キラキラと秋風の中で波打ち揺らぎ
夕日の中でダンスをする
夜には月の明かりに照らされて
銀色のウエーブが浮かびあがる
縁側では夜桜ならぬ月見をとススキと団子
鈴虫が秋の夜長に寂しい音色を奏でる

16

十五夜おつきさんなぜ跳ねる〜
まん丸いスーパームーンが浮かび上がる
兎が月世界で餅つきをして跳ねる
夏の終わりと共に街路地のイチョウの木々は
灼熱の夏の日差しをたっぷり吸収し
イチョウは銀杏を鈴なりに実をつける
秋風の中でふくらみを増し
10月の強まる風に
強烈な匂いを地面に叩き付ける

枯れ葉を迎える

もう寒さが一段と押し寄せてくる季節を迎えると
木枯らしが吹き木々たちの葉は
1枚1枚と脱ぎ捨てる枯れ葉となって
寒風木枯らし舞う街角で褐色の疲れた枯れ葉は
ビルの谷間で渦を巻く
木枯らし〜こがらし〜寒い道〜
北風ぴいぷう吹いている〜
寒々とした街並みを歩いている人々
なぜか寂しくて切なくて
恋人たちは惜しみながら別れを告げる
風に吹かれた落ち葉の季節に
枯れ葉（autumn libber）の曲が耳元に聞こえる
エディット・ピアフがイブ・モンタンの唄が

ビル・エヴァンスのピアノの調べが
枯れ葉よ〜枯れ葉よ〜と切ない調べ
冬を迎える寒さの中で
男たちはコートの襟を立てて季節を感じ去ってゆく

何処までも透き通る紺碧の寒さ
（立冬〜大寒）

枯れ葉消え去り本格的な冬の季節が来る
季節は1年の締めくくり師走の12月
春の温かさ夏の暑さ秋の清々しい気候から寒さ到来
冬のリビエラ（海岸・川岸・湖畔岸）〜
静まりかえり口を閉ざす
人々は寒風と雪降る中で
足音を残して足早に消えてゆく
恋人の待っているレストランへ
子どもたちが待っている温もりの家路へと

柚子の香り・シクラメン

夜空を見上げると北斗七星オリオンの星がキラキラ瞬く
身体が冷えた冬至の22日は1年の無病息災に感謝
柚子の香りを満喫しながら湯船にどっぷり浸たり
食卓に置かれた南瓜の煮物を口に
街にはモミの木の出番となり色とりどりに着飾る
キラキラとした輝きは人々に幸せを贈る
子どもたちは眠りの中で待ちわびる

トナカイと橇に乗ったサンタが街にやってくることを
ジングルベル〜ジングルベル〜鈴が鳴る〜
ジングルベルが鳴り響き子どもたちへのプレゼント
大きな白い袋には希望と幸せが一杯に
ガラス越しの向こうでは
家族の笑い声が褐色の電灯の明かりの中で揺れる
テーブルに置かれたシクラメンの真っ赤な花
蠟燭の揺らぐ光の中で
恋人たちを温かく抱きしめる

師走餅つき

ナナカマドが雪の降る中で赤色を際立たせている
師走は急ぎ早に１年の締めくくりにと訪れる
人々は酉の市へと開運と熊手を買い求める
今年は一の酉二の酉三の酉だろうか
小路地には屋台がところ狭しと立ち並ぶ
橙黄色の裸電球が人々を寄せ付ける
正月を迎える師走に杵と臼の出番
餅つきのペッタン、ペッタンの音が威勢よく響く
あんこ餅に黄な粉餅、小豆たっぷりのお汁粉、お雑煮用と正月
の鏡餅
童子たちは夢の中で
も〜いくつ寝るとお正月〜
お正月には凧揚げてコマを回して遊びましょう〜

除夜の鐘が冬の寒さの夜更けに鳴り響く
湯船に浸かり湯煙の中で1年を顧みて
どんな1年であったろうかと
我の足跡を手繰り寄せる
朝日とともに新年を新たな気持ちで迎える
1年の計は元旦にありと

元旦は1年のはじまり

真白き富士を見上げる朝
家々の玄関には松飾りが添えられる
食卓には正月の料理がところ狭しと並び
明けましておめでとうのご挨拶
童子は餅入り雑煮を真っ赤な頬で口を広げる
大人たちは童子たちの笑顔を見て酒を口にする
1年の始まりの温もりを感じながら
お年玉は童子たちの夢を運ぶ笑顔
童子たちの笑い声が真白き寒空の中で響き
童子たちの歓喜の声が寒空に響く
吐く息は白く今にも凍り付きそうに
羽子板でつく羽の音や凧が青空に浮かぶ
雪が降り積もり雪ダルマやかまくらが家の前に鎮座する
家々の軒先には氷柱が陽光のなかで輝き融けてゆく

七草粥で体を浄化

3が日が過ぎ7日には七草粥を口にする
唐の時代から平安へと文化は受け継がれ
万葉にも人日の節句と5節句の1つとして
1年の邪気を払い・無病息災・五穀豊穣に祈り
お粥を口にする七草粥
芹（セリ）＝競り勝つともいわれ、解熱効果や整腸作用、食欲促進
薺（ナズナ）＝ぺんぺん草、撫でて汚れを除く利尿作用、解毒作用
御形（ごぎょう）＝仏体母子草、咳を和らげのどの痛みを和らげる
繁縷（はこべら）＝繁栄がはびこると、腹痛薬、炎症効果
仏の座（ほとけのざ）＝小鬼田平子（こおにたびらこ）、胃を健康に
菘（すずな）＝蕪のことで神を呼ぶ鈴と言われる
蘿蔔（すずしろ）＝大根のことで汚れなき清白

暖かい春を迎えるために暦は小寒大寒立春節分と1日々々をめ
くる四季。
日本の素晴らしい二四節気、七二候の四季に抱かれ、癒され日々
を過ごす。
自然に抱かれ、自然の恵みに感謝し、自然の脅威を知り学び、
それぞれの日々の生活。
そこには季節ごとの祭りごとや行事が四季折々中で行われてい
る。それは1つの風物詩でもある。
日本の四季は、人々の暮らしであり、豊かな文化をそれぞれの
地域で繰り広げる四季折々に。

下町商い風物詩が季節の中で

　自転車とリヤカーでの商いが主流の時代。リヤカーや自転車で街中を売り歩く商売が季節の中で入れ替わる。懐かしい時代であるが、今はほとんど見かけなくなった。

きんぎょ〜え〜きんぎょ〜

　金魚売は、リヤカーに並べられた水槽の中に、金魚がたくさん入っている。リヤカーを引っ張る水槽の水が揺れて金魚が目を回すのではないかと揺らぐ。チリチリンと鳴らす鐘の音とともに、みずみずしい声で、「きんぎょ〜え〜き

んぎょ〜」と声を張り上げる。

キャンディー　キャンディー

　夏の暑い盛りに自転車の後ろの荷台の箱に、キャンディーを詰めて街の公園や子どもどもたちのたまり場で鐘を鳴らしながら冷たそうな声で「キャンディー　キャンディー」と、はためく氷と書いた赤字が風に揺れる。川の土手などでも自転車を走らせ鐘を鳴らしてゆっくりと走らせ、手を振る子どもたちを見かけると止めて待っている。今で言うガリガリ君の元祖のようなものだ。

いし〜や〜きいも、

　秋から寒い冬が忍び寄る季節になると、子どもたちの大好きな焼き芋売りがリヤカーでやってくる。リヤカーには、四角い鉄板の中で、小さな石が敷き詰められ、サツマイモが焼かれている。鉄板の下では、薪が燃やされ、小石が暖められ

その熱でサツマイモが焼かれる。おじさんは、リヤカーを引きながら「いし〜や〜きいも、おイモ　おイモ　おイモだよ〜　ほっかほっかのおイモだよ〜」と街中を売り歩く。子どもたちが小銭を握りしめおイモを買ってほおばる姿は何ともいえない。

と〜ふ〜と〜ふ〜　あさり〜シジミ〜

　早朝と夕暮れ時となると、プ〜というラッパのつぶれた音が鳴り響く。その音で、庶民は豆腐屋が来たとわかり、鍋をもって買いに行く。豆腐屋は、納豆も売っていた。

　ラッパのプ〜という音を鳴らし、「と〜ふ〜と〜ふ〜」と街中を自転車で走り回る。何故か「あさり〜シジミ〜」の掛け声も聞いた記憶が今でも残っている。でも、アサリ売りの声はどうも子どものころの私の耳には「あっさり死んじまえ」と聞こえてくるのである。死ぬアサリなど誰が買うのか不思議でならなかった。そんな豆腐とアサリやシジミを売っていたおじさんの声はもう姿を消してしまっている。

さおや～さおたけ～

何処までも伸びるような響きある声で、「さおや～さおたけ～」と洗濯物を干す竿売りが時折、町の中に売り歩く。「さおや～さおたけ～」の声は長い竿が連想させる。売りは、網戸やガラスの修理のためのガラスなどもリヤカーに乗せている。ガラスの修理となると、窓のサイズに合わせて綺麗に切るのである。とても不思議で、ガラス切りの工具を使って定規でスート線を引き、コンコンと軽くたたくと綺麗にヒビも入らずに切れるから不思議であった。

夜泣きのなべ焼き
～うどんに暖かいおでんの誘惑

真冬の寒い夜中に「な～べ焼き～うどん～」と売り歩く。寒い夜にちょっと小腹を温めようと、家から出てくる人、江戸時代の映画にも見かける風景である。また、夕方から、おでん売りも街中にちりんちりんと鐘を鳴らし、リヤカーを引いて歩く。また、駅前では、おでん屋が結構繁盛していたようである。寒々とした冬空のもと、屋台のカーバイトランプの光と鼻を刺す臭いの中で屋台に群がり、おでんの汁の匂いが鼻を刺激し誘いをかける。おでんを摘まみ１杯ひっかけて

帰るサラリーマンの後ろ姿を見かける。

チンチンどんどんチンどんどん

　街の商店街の新装開店や大売り出しの看板を背にして、ちんどん屋が練り歩く。童子たちは、そのあとを追っかけてついてゆく。先頭には、太鼓や鉦を鳴らす人がいて、サックスやクラリネットを吹くオジサンたち。女性は、顔に白いお化粧に結衣髪を乗せて胸に抱えている太鼓や鉦を鳴らす。背中には「○○商店の大安売り」と書かれた紙の看板を背負い、チラシ広告を配り歩く。今ではもう、この商売をしている人たちを見かけなくなった。車の通る時代ではないから、体を右左にと揺らしながら練り歩くのである。

爆弾とポン菓子

　童子たちが興味津々近寄って見ているのは、ポン煎餅と爆弾あられ作りである。リヤカーでやってくるこの商いは、母さんたちが米を持って作ってもらう。スプーン1杯のお米を熱した2枚の丸い厚い鉄板皿の間に入れ、お皿を合わせて数秒押さえ鉄板皿を開く時に「ポン」と音がして、せんべいの形に膨らんだポン菓子が出来上がる。爆弾あられは、大砲の筒のような物にお米を入れて、ぐるぐる回転させて熱の圧力で膨らんだお米（あられ）を先端の蓋を開けバーンと大きな音をだしながら網の筒に入れるのである。童子たちは耳を両手で塞ぎながら興味津々と見入るのである。

季節の中で折々の屋台が並ぶ

夏祭りと夜店

縁日と啖呵売

　夏祭りの夜に欠かせないのが童子の大好きな夜店である。昼間の神輿担ぎや山車を引いて流した汗を落としに銭湯へ行く。童子たちへは、お菓子や無料の銭湯の券が配られる。もちろん夜には神社の両脇や道路の脇に並ぶ夜店へと出かける。

　また、縁日も童子たちにとっては楽しい風物詩である。とりわけ夏の縁日などは、大人も童子も浴衣姿で出かける。ずらりと並ぶ夜店（露天商）は、童子たちにとってたまらない魅力のあるものばかりである。小銭を握りしめて何を買おうかと目をギラギラ輝かせて見入る。

　なんと言っても人を引き付けるのはバナナのたたき売りである。台の上に山積とされたバナナを前にフーテンの寅さんよろしく講釈の啖呵売。

「サーよってらっしゃい　見てらっしゃい」「これを見なよ表も裏もバナナだ　さ〜買った　かった」「今日は千円と言いたいところだが　おおまけで700円」「何買わない」「今日のお客さんなかなか粘るね」「みんなお金がなさそうだからもう一山乗せちゃうよ」とねじり鉢巻きに啖呵売の声が夜空に響く。

「何買わない　もってけ泥棒400円だ」と新聞紙を束にしてぽんぽんと叩いて売ってゆく。陶器売りもそんな調子で売りさばいてゆく。

　童子たちはといえば夜店に並ぶ綿あめ、飴細工、かき氷、

ヨーヨーすくい、金魚すくい、スマートボール、射的、三角くじ引きとオモチャなどなどに引き寄せられる。

　今でも夏祭りや正月三が日や酉の市などの夜には出店がずらりと並ぶ。そんな縁日と出店に大人も童子も、橙色の裸電球に引き寄せられて楽しんでいる。

散文とエッセイ

薄氷

　正月の3日目も晴天がつづき、穏やかな2008年がはじまった。土手を散歩しながら、今年はこの晴天のような年になるのであろうかと、行く末を心配した。

　見上げる空はどこまでも蒼く広がり、天空には上弦の月が薄っすらと白く浮かんでいた。目線には朝日とともに真白き富士が幽玄に姿をあらわしていた。やっぱり日本の平和を象徴する雄大な富士山である。

　陽光は水平線から這い上がり大地をまばゆいほどに照らす。土踏む大地は、霜柱が土を押し上げ、サクサクと心地良い音がする。寒の入り（太陽暦で1月5日近く）が近づいているせいであろうか、河川敷の水溜りには薄氷がはり、空を映し出し蒼く光って反射している。

　冬の季節は寒いが、四季を楽しめる日本はなんと美しく楽

しくしてくれる。梅が咲き、桜の蕾がふっくらとあらわす季節は、春と冬の綱引きの三寒四温が始まる。こうした季節の移り変わりというのは人の心を暖かく癒してくれる。

　しかし、私たちが作ってきた豊かな文化が地球温暖化として深刻な問題を起こしている。世界各国では温暖化を少しでも止めるための論議が行なわれている。人間が破壊してきた自然をどう守っていくのかが私たちに課せられた重要な課題である。地球温暖化防止の京都議定書をどう各国が進めていくかは私たち人類の手にかかっている。残念なことに、アメリカや日本は消極的な対応を示している。どこまでアメリカに擦り寄っていけばいいのであろうか。ほとほと呆れるばかりである。

　こうした論議をしている間に自然界では、温暖化の影響で地球全体が深刻な事態に見舞われている。

　アラスカ海のベーリング氷河は崩れ溶けて湖となり、南極の氷も薄くなっているという。ヒマラヤの氷河も溶けてチベットの湖が拡大されてきている。さらには、南太平洋のツバル諸島（サンゴ礁の国）も海面が上昇し被害がでている。フィジー、モルジブの島々も同様である。

　こうした現象は日本も例外ではない。すでに、日本海域でも水温が上昇し魚の生態にも変化がでている。また、ヒートアイランド現象も発生している。行く末は海面が上昇し日本全体は海水で沈んでしまうといわれている。

　世界各地域で温暖化による被害がでており、地球に対して自然界とすべての生き物たちが警鐘を鳴らしている。

国連のIPCC（気候変動に関する政府間パネル）の調査では、100年間で世界平均の気温が長期的に0.74度上昇しだしてきていると指摘している。また、地球温暖化について警鐘をならした「アース」という映画が世界中で話題をまいている。

　問題は温暖化だけではない。世界各地で起こっている悲惨な戦争や紛争の問題もある。中東におけるパレスチナ、イラン・イラク、アフガニスタンなどがそうである。その戦争に日本はアメリカにマネーと人を派遣して協力をすすめている。その後も、きな臭い動きが続いている。北朝鮮のミサイル発射、中国の台湾問題や香港自治への圧力、ソ連のウクライナ侵略問題、ミャンマー問題などなど。やっぱり解決の糸口は各国が平和な外交の話し合いでしかないだろうと思う。そして、みんなして、お酒でも飲みながら話し合いをしたらよいと思うが。和気あいあいとね。

　日本には世界でも誇れる平和の象徴である憲法九条があるのに。前にも記したことがあるが、九条にはこう書かれている。

1. 日本国民は、正義と秩序を基調とする国際平和を誠実に希求し、国権の発動たる戦争と、武力による威嚇又は武力の行使は、国際紛争を解決する手段としては、永久にこれを放棄する。

2. 前項の目的を達するため、陸海空軍その他の戦力は、これを保持しない。国の交戦権は、これを認めない。

　こんな立派な法律があるのに、何故に他国が仕掛けた戦争に協力しなければならないのであろうかと思うのは私だけではないはずである。

そういえば、国会ではアメリカのために作られたテロ対策特措法の活動である海上自衛隊のインド洋での給油・給水活動を再開させるために法案を強行に成立させた。貧困、格差拡大などなど国内で大変な問題を抱えている状況の中で、国民の1人として憤りをこえてむなしさを感じる。

　今、世界各国では、日本の平和憲法を守ろうという動きが起こっているというのに。

　そんなことを考えながら晴天の土手を歩いている。地球規模で起こっているさまざまな問題を解決していくために、地球の危機の上に張っている薄氷を歩いている私たちは何をなすべきであろうかと自問自答する。

　これを書いたあと、大阪で「異常気象とICCPについて」の講演を聞き、胸を打たれた気持ちと、"人類は何をなすべきか""何をしなければならないのか"とあらためて考えさせられた。薄氷にひびが入らないようにと。

お粥と水団の味

　元日から三が日は、年の瀬と違って人の往来が少なくない。そして、幕の内（正月の松飾のある元日から15日まで）があけぬ7日は七草粥である。

　昔から日本全国で、この七草粥を節句としても行われている。正月に、お雑煮や煮染めなどたらふく食べた胃を癒すために人間の体が求めて、箸休めではないが、胃を休めるために行われてきたのであろうか。それとも、正月は御馳走を許されたが、1年間質素に生活をすることが大切であるとか、1年間人々が無病息災で元気に過ごせるようにと願いを込めて、この七草粥が行事として始まったのであろうか。

　この七草粥とは、春の七種の菜（せり・なずな・ごぎょう・はこべら・ほとけのざ・すずな・すずしろ・）を入れて炊いた粥のことである。私もこの1年に1回の行事は大切にと七草粥に舌鼓する。粗食であるが、大変に美味しいと思う。私は、1月7日に限らず粥が大好きで好んで食べる。この習慣は、どうやら子どものころに染みついたのであろう。

　何しろ、子どものころは、そんなに贅沢というか、食べるものが豊かでなかった。わが家では、みそ汁が残るとそこに冷や飯を入れておじや（雑炊）を作り、そこにうどん粉（小麦粉の代わり）を水で練り、団子にして親指と人差し指で軽くつぶした団子を入れて煮込んでよく食べたものである。こ

れが、水団入りのおじやというものである。寒い季節には、みそ汁の味が粥と水団に染みわたりたまらなく美味かった。

それに子どものころはたいした暖房器具もなく、この熱い水団のおじやが内臓と体全体を温めてくれた。私たち戦後間もない年に生まれた時代は、国民総貧乏と言われた時代であって、どこの家庭でもお粥やおじやを口にしたものである。敗戦直後は、おじやを食べられるのはまだ良い方であったという。

また、風邪で病気になったときなどよくお粥を食べさせられた。お粥は塩味で作り、小皿に梅干しがそえてあった。今でも私は、風邪をひいたり飲んだあとには変わりなくお粥やおじやを食べる。

近年では、飲み屋で鍋物をすると最後にうどんか、このおじやを作って食べさせてくれる店が多い。お酒を飲んだ後のおじやはさっぱりして格別である。ほろ酔い気分を覚ましてくれることもありがたいことである。

この１月７日は七草粥をすすりながら、無病息災と１年間の健康を願った。

富士と湯船

　まだまだ冬は寒く、3畳の寝床から起きるのは辛い。時計の針はすでに起きろと指している。さて、今日は休みだから起きるべきか、それとももう少し寝ていようかと思案六法。だが、身体の一部が寝かしてくれなかった。

　私の息子が早く起きておしっこと催促する。私はやむをえず寝るのをあきらめて布団をはぐり起きた。やっぱり冬である。わー寒いと声を上げてしまうほどに朝は冷え込んでいた。それもそうだ、まだ1月の下旬なのである。

　起き上がるなり部屋を暖めるべくストーブに火をつけて階段を駆け下り、息子の待っている側（かわや）へと駆け込み放水をすませた。

　あまりの寒さで神経が刺激され、眠気が覚めたのか3畳のねぐらに戻る気がしなくなってしまったので、食事をすることにした。

　朝食をすませ、温まっている部屋へ行き今日の行動スケジュールを確認する。どうやらやることがたくさんあって、整理をして家を出た。外は寒々としているが、天空は蒼々として眩しく遠い。土手を歩いている人たちは身体を前かがみにしながら両腕を大きく揺さ振って歩いている。きっと体のなかの血行を活性化させ温めているのであろう。

　駅のホームから眺める富士山は、真っ白なドレスを身につ

けて冷たい視線で私を見つめているようである。やっぱり寒いはずだと白い息を吐きながら電車に乗り込んだ。

　今日の1日の始まりである。車窓から眺め通り過ぎていく木々はまだ冬眠から覚める様子はなく、温かい陽光の春を待っているようである。

　こうした気持ちを詩で書いてみるとどうなるのであろうか、考える。

　薄暗い明かりと寒さの中で

　身も心も温もりにつつまれる

　温もりを抜け出すことのけだるさ

　けれど身体の一部で起きろと私を催促する

　味噌汁の香りに誘われ重たい身体を起こし目を覚ます

　机の上に置かれた1枚のメモ

　今日は何処へと行くのやらと考え込む

　外は真白き富士の山

　素敵なドレスに身を飾り

　冷たい視線が我に語りかける

　早く春をつれてこいと

　私は答える

　貴女の高貴な白いドレスが消えたら

　春を呼んで来ようと

　こんな詩が頭の中で浮かんだが、さてさてこれで良いのやらと考えているうちに、青空は太陽とともに夕暮に向って移動していた。仕事を終えた1日は長いようで短いものだ。日

中は暖かかったが夕暮時ともなると寒さがまた訪れた。

　あまりの寒さにこの街の銭湯を探し湯船につかろうと、いつも携帯している東京都内の銭湯マップを手にして探し当てる。銭湯派の私は、あのたくさん並んだ下駄箱を見ただけでわくわくしてくる。心はもう湯船に浸かっている気持ちになっていた。

　握りしめたコインを番台に置き、男と書かれている大のれんをかき分けて風呂場へと急ぐ。やっぱり大衆風呂の立ち込める湯煙と香りはたまらなくいい。身ぐるみはがしてすっぽんぽんになり、手拭を肩にかけ湯煙の中へと消えてゆく。内湯を浴びて湯船にどっぷりと浸かると、あ〜　何といい気持ちであろう。人生はこうでなくっちゃ、とかってに独り言をいい、極楽ゴクラクと唱える。

　檜をつかっている浴槽もまた格別である。木の柔らかい香りが身体を揉みほぐすようでこれまた気持ちがいいのである。この檜について看板にこう書かれている。

「檜は、ヒノキチオールという精油分が含まれており殺菌効果がある。檜は木の中で熱伝導が1番低く冷めにくい。木曽の檜とは、樹齢300年以上の木の事を言う。」

　なるほどなるほどと納得して身体を解すようにゆっくりと温まった。

　どれぐらい時間がたったのであろう。銭湯から出たときには、すでに街は夕暮が深くなっていた。きっと富士山は、白いドレスから真っ赤なドレスに着替え夜の宴の準備をしていることであろう。

夜風に吹かれながら足は駅へと。さあ〜今晩の宴はどうしようかと、料理をあれこれと考えながら電車に揺られているうちに睡魔が私を包み込んできた。

　夜空を見上げると銀河鉄道の機関車が煙をはき、果てしない銀河と月にむかって走っていた。車窓からこぼれる温かい光がいっそう夜空を演出しているようである。天空から眺める富士は、もうすでに深い眠りについていた。だんだん地球が小さくなって蒼く輝いていた。

　ゴットンと音がした瞬間に目が覚めた。列車はすでに駅のホームに到着してドアが閉まりかけていた。慌てて現実の世界へと飛び降り、冷たい風が吹くホームを後にした。

　あと4日もすれば睦月が終わり、如月の鬼がやって来る。富士山も、如月の3日には鬼の面をかぶっているか、銭湯でも浸かっているのであろうか。今度は、富士の描かれている銭湯でも探すとしょう。

　ホームから
　ながめる富士の
　真白きかな

天然温泉

　わが街の近くに昨年11月に天然温泉が誕生した。銭湯好きの私が温泉ができたと聞いて、ほっておくわけがない。時間を作って一度はその天然の温泉とやら行ってみたいと思っていた。しかし、いろいろ忙しくてすぐに行くことができなかった。

　でも、1月下旬の休暇の日にとうとう温泉に行ける日がやって来た。要するに、暇ができたということである。公営の銭湯と比較すると若干高い（公営銭湯400円、天然温泉600円）。でも、露天、サウナ各種、炭酸ナトリウム、ジェットバスなどの設備がある。もちろん洗剤は備え付けなので、タオル1つで身軽に入れるからいい。

　その天然温泉の特徴は、地下1500メートルから掘り下げてくみ上げた化石海水というものだそうである。何しろ150万年前から350万年前位に地殻変動がおき、海水が今日まで閉じ込められていたものであるとのこと。たしかに舌で舐めてみるとしょっぱい。やっぱり海水である。褐色の温泉に浸かる。太古の150万年前の海水かと思うと、何とも不思議な出会いである。

　どっぷりと湯につかり、「これが150万年前の海水か」と歓喜しながら古代のことをあれこれと想像した。150万年前というと、人類の祖先である原人がいた。原人たちは、今の

ように風呂などないから水にでも入っていたのであろうか。食べる物は狩猟中心であったろうなどいろいろと想像する。

　あれこれと想像しているうちに全身が温まった。陽だまりに置かれた椅子に腰を掛けて、生まれた時のようにスッポンポンで、陽光のシャワーを全身に生命のエネルギーを浴びて吸収する。まるであのアザラシの玉ちゃんが、ボートのデッキで日向ぼっこをしているように気持ちがいいのである。美味しい物を食べた時の満足感どうように、天空のどこまでも広がる、透きとおった藍色を見上げながら、冬の冷たい空気が風と共に肌をすり抜けていく気分は何ともいえない贅沢な至福の時間である。

　こんな時に人は自己満足に陶酔するのであろう。時計の針を眺めたら、２時間はたっぷりと裸になって湯に浸かっていた。天上の太陽も、もう傾斜し始めていたではないか。時間のたつのも早いものであると、また湯に浸かり体を温めると、天然温泉に未練を残して湯船から上がった。

　冬の露天風呂は、やっぱり良いものである。150万年前の化石海水に別れをつげ、明日のエネルギーを吸収して温泉を後にした。

　　よみがえる
　　古代の海の
　　湯につかり
　　遠き命の
　　息ぶき思う

節分の豆拾い

　今年は例年に比べると寒さが厳しい。東京では好天気が続いた。2月に入り寒さは緩むことなく冷たい。でも、湯島天神の梅の花が開花したとの便りである。

　2月3日は天候も晴れて清々しい日だった。節分にはもってこいの日和である。

　祭りごとの好きな私にとっては血が騒ぐのである。たしか節分の豆拾いは、何十年も前に行ったきりであると記憶が遠い。

　私もそうであるが、福でも拾えばと思いながら境内に入ると、私同様に早々と来ている人たちが大勢いて、イモ洗いのようである。みんな福を貰う気持ちは同じなのだろうと、やっぱりなぁと〜うなずく。神頼みで人生が豊かになるとは思えないのであるが、なぜか季節の行事には足を運んでしまう自分に笑ってしまう。

　ところで、節分は室町時代（1336年〜）からのしきたりだそうである。私の子どものころは、我が家でも玄関の軒下に鰯の頭を柊の枝に刺して吊るした。これは、悪霊を追い払うという風習から来ている。そして夜になると豆を撒き、邪気を追い払い、福豆を拾って歳の数だけ食べる。健康に暮らせるとの風習にしたがっている。以前は、どの家々でも"鬼は〜外、福和は〜内"と聞こえてきたものであるが、もうそ

んなほのぼのとした時代は消えつつあるようだ。

　それでも、各地では、恒例の豆撒きが行われている。なかでも成田山は有名であるが、ここでは福は内だけである。鬼が改心したからであるという。時間が来ると、坊さんや力士や著名人などがずらりと並び、青い澄みきった空めがけて"福和は〜内""福和は〜内"と声高らかに張り上げて袋に入った豆を撒く。

　この豆が世の中を浄化してくれるとよいと思いつつ、福をと走り1袋2袋と拾いあさる。これこそ人間の福を求める姿であるが、そこに私もいる。庶民の気持ちはみな同じなのである。

　私は地元のお寺で福豆をポケット一杯に押し込んで退散した。境内は"福は〜内"の声が響きわたっていた。本当に福があるのであろうかと、自問自答しながら境内を後に階段を下っていった。

　この福豆を独り占めしてはいけないと、長生きしてほしいとの思いから母にも食べてもらった。80を過ぎた母が、皺を寄せた顔で、「この豆は柔らかく美味しいね」とほほ笑んでくれたことが本当に嬉しくて、やはり福はあると思った。

　居酒屋の店員さんたちへも福をおすそ分けした。中国から働きに来ている女性に、酒を口にしながら節分の豆まきについて中国ではそのようなことが行われているかと聞いたところ、そんな風習はないという。日本独特の行事なのだろうかと思ったが、どうであろうか。

　酒を飲みながら肴として豆をかじり子どものころを思い出

し、歳の数だけと言われたが、下1桁だけ食べることにした。
酒の肴が節分の豆とはなんと精進ではあるまいかと、今年も
健康で過ごせるようにと赤提灯を後にした。3月は桃の節句
の花祭りかと。

　人ごみに
　福を拾いと
　草むしる

銭湯

　前のエッセイでも私の銭湯好きについて書いたが、何せ大衆風呂には目がない。自称銭湯派である。しかし、小市民の憩いの銭湯が東京都内で減少している。聞くところによると今では坂道を転がるように半減して 1600 件くらいになってしまったとか。私の持っている銭湯マップに載っているところでさえ、明日はあるのかわからないのである。

　近代化の流れにあって自宅は勿論のこと、アパートなどにも風呂のあるのが当たり前になってきている。これもいたしかたがないのであろうが、銭湯の衰退は胸が痛む思いである。

　でも最近は温泉ブームとやらで、都内にやたらとスーパー銭湯なるものが出現している。大変結構な話であるが入浴料金が高く、庶民生活からかけ離れている。やっぱり銭の湯と書くからには、札では駄目だ。コインをにぎって首に手拭でも巻きつけて行くのが銭湯である。

　何しろ、銭湯は社交場、庶民のコミュニティの場でもある。特に、主婦などは井戸端会議よろしく町の買い物情報や、子育て、近所の人々の状況などいろいろと話をする。銭湯は情報の場でもある。湯煙の中で弾む会話が天井一杯に響く。

　また、男衆は仕事や世間話などで話が弾む。子どもたちはといえば、大人の目を盗み、浴槽で泳ぎ、木桶で滑ったりと顔を赤くして風呂より遊びに夢中である。こうした情景を見

聞きしていると、人々が健康に生き抜いているなと感じることができる。

　そんな銭湯が懐かしくて、私は今でもせっせと今日は何処の銭湯へ行こうかと気まぐれに時間があると出かける。そんな銭湯好きの私に朗報がニュースで伝えられた。減少傾向の都内の銭湯が10年ぶりにできたとのこと。

　地域の人々が、区の役所に対してぜひとも銭湯を作ってほしいと要請したのが実現したとのことである。もちろん住民の要望を取り入れた近代銭湯は、社交場としても湯上りにお喋りができ、飲食ができるようにゆったりと作られている。区が建設して、運営は民間に委託しているとのことである。

　この話を聞いたからには行かずになるまいと、開業の2日目に仕事を終えてさっそく出かけた。一般にみる銭湯と違って4階建てのビルである。番台で料金を支払うのではなく、券売機がありそこでお好みコースを選んで券を買う。そして、下駄箱に靴を入れて、券と鍵を渡すとロッカーの鍵をくれる。ここが違うのである。勿論、入浴料金は都内共通である。料金を払い、ロッカーの鍵を貰って、エレベーターで3階へ行く。2階は、先ほど話した庶民の憩いの場である。4階は3月にオープンする運動浴プールができるとのこと。

　真新しい浴槽は、新築の家を最初に入るようで新鮮である。湯船に浸かると気持ちがいいものである。

　ゆっくりと太平洋にでも浸かるがごとく身体を沈め、銭湯に来た人たちと話が自然と弾む。東京っ子は“これなくして何の人生か”と湯船に浸かる。

さすが近代銭湯。サウナ、ジェットバス……露天風呂まで
ある。風情はないが、致し方あるまい。

　こんな銭湯談義で粋がっているわけではないが、理屈や哲
学など無用である、一度銭湯に行きどっぷりと湯船に入って
みればわかる。見知らぬ人との世間話もできて本音で裸の話
ができる。これ、政治などにも使えないであろうか。国会で
の論議でなく、風呂に浸かりながらの話し合いはユニークで
どうであろうか。

　そういえば、温泉漫画のテルマエ・ロマエがブームとなり
映画化にもなった。

　御仁、いづれにしても一度は町の銭湯に行くことをお勧め
したい。ちょうど2月のこの時季は、冬と春のせめぎ合いの
季節である。日中は暖かくても朝晩は寒い。こんなときは、
内風呂よりも銭湯に限る。

　開業間もない近代銭湯の初湯にどっぷりと浸かって出てき
たころには、夕暮がさらに沈みかけ夜に傾いていた。温まっ
た身体が冷えないようにして、湯の香りを電車内に漂わせな
がら地元の赤提灯を目指した。のれんをくぐり、カウンター
の席へ座ると同時に酒を注文して、エッセイを書いている。

　私は、誰にも入り込めない自分の世界で集中して書けるこ
の時間が大好きで大切にしている。他人から見ると、わざわ
ざ飲み屋にまで来て真面目にものを書くなんて、と不思議に
思われるかもしれないが、これが私のスタイルなのである。
周りの人たちも、そんなときには話をかけてこない。しかし、
書き終わるととたんに、店に来ている人たちと会話が止め処

もなく続く。

　だからといって、ものを書くときにいつも飲み屋にいっているわけではない。そんなことをしていたら懐が干上がってしまう。

　疲れたときは、重たいかっぱの甲羅を下ろし、湯に浸かって赤提灯で一時過ごすのも良いのではあるまいか。そういえば、この赤提灯の店の名前は〝かっぱ〟であった。

　湯煙に
　ゆれて見えるは
　乙女かな
　皺をこすりつ
　若きを思い

平和という虹の織物

2003 年 3 月に書いたが、未だに争いは終わることがない
イラクへの軍事行動を行おうとアメリカの暴君ネロは一心不乱
それを加担するイギリスのブルータス
ロシアのクマがウクライナ侵攻で戦争を仕掛けている
世界で唯一平和憲法を持っている日本のライオン丸も右へ倣えと
フランスのムッシュ、ドイツのマスターたちは軍事行動にノン
世界の民衆はそれぞれの旗をもちより
戦争反対（NO！ WAR）を空高く掲げている
5 万、10 万、100 万の集まりが
（ロンドン 200 万人、マドリード 200 万人、バルセロナ 150
万人、ニューヨーク 50 万人、ベルリン 50 万人、日本 4 万人）
世界の国々の広場で輪を広げ
静かな湖水に 1 滴の滴が波紋を広げるように
平和という文字を大きく描いている

平和とは何か
争いのないこと　争いを起こさないこと
平和　平和　平和
きな臭い匂いが立ちこまない地球を
朝の目覚めとともに爽やかな平和が訪れる喜びを

澄みきった青空のもとで空気を吸えること
暴君ネロもブルータスもロシアのクマもライオン丸もみんな
みんな
テーブルにすわり温かい紅茶かコーヒーでも飲みながら平和
について語ること
そして子どもたちのキラキラした瞳を守ること

そのために
今
私たちは何をなすべきか
世界中で問い掛けられている
それは地球のゴミ箱にガン（gun）、ミサイル（missile）、核
兵器（nuclear weaponry）
をすべて破棄すること
自由、平等、愛、平和の糸を織り編むこと
そこには虹色の織物ができあがる

爽やかな風に吹かれて

　4月も半ばにさしかかってきたが、今年はどうやら暖かさが1週間ほど早いようである。これも人類が作り出したいたずら現象なのであろう。三寒四温の綱引きで冬が追いやられてしまったようである。でも、気候は私たちの思うようにはいかないのが現実である。暖かい、寒いが繰り返して春が来るのである。

　夜、カフェのテラスで爽やかな風に吹かれながら物思いに浸るひと時の時間。この時間こそ私にとって心豊かな幸せで、何ものも代えがたい時間なのである。

　コーヒーを口にしていたら、ちょうどいたずらっ子の風が私の頬を撫でるようにして香りを飲んで去っていった。

　春の季節の爽やかな一時のこの空間は、なんと贅沢で素敵なのであろうか。たわいもない一時のようであるが、私には今宵の幸せなのである。わが街にもモダンなカフェが憩いのひと時として心を浄化する居場所があるのはうれしい。

　人生での生き方は千差万別であるが、私のようなファジーでノー天気は、気の止めたこの店のこの食べ物が美味しそうだと思うと、ぶらりと足を向けて店に入る。こんな一元のお客がいても良いではないかと自分に言い聞かせ、深まる今宵の時間を過ごすのも決して悪くない。

　私がお気に入りの素敵なカフェで注文をしたブラジルコー

ヒーとわき役として出されたビスコッティがとても美味しかった。贅沢を言えばカフェに行ってワインを飲み、爽やかな夜風と戯れながら楽しみたいものである。

　深い香りのあるコーヒーであったが、人生の深みと気持ちを蘇生してくれるようで、素敵なミッドナイトを楽しませてくれた。

桜春

　卯月ともなると、春の花々が寒い冬から息吹き、色鮮やかに各々の個性を剥き出しに蕾を開花する。

　冬と春の綱引き（三寒四温）が行われ、冬が去って行く。

　都会では、薄桃色した桜が開花を始める。青空に溶け込むように薄桃色が溶けて鮮やかに染める。元気な子どものほっぺたのように柔らかく暖かく感じられる。

　桜も、3分、5分、8分咲き、そして満開ともなると気持ちが明るくなる。満開の花びらが春風に吹かれ、青空に吸い込まれていく薄桃色の花びらを目で追いかけた。

　せっかく咲いた花なのになんだか勿体ないと思うが、来年もまた楽しませてもらえると考えれば1年待つのも良いかもしれない。

　また4月は、桜の開花と同時期に入学・入社の時期でもある。若者達がそれぞれの道（人生）を次のステップへと進んで行く月である。

　1988年の4月1日の「朝日」に、『新入生諸君』と題する社説のあったことを思い出した。世の中の軸がずれている昨今、オウム問題・HIV問題・住専問題やマスコミの報道問題などがいろいろと書かれていたが、働くものがどうかかわっていくか問題を投げかけていた。『会社の利益と社会の利益とが反していると思ったら、それに率直に指摘すること

も社会人として必要です』と書かれていた。

　新鮮な気持ちで夢と希望を抱いて入社する新人には、とかく企業の枠組みの中で上下関係もあって、なかなか自己主張することが難しい。企業風調を優先としてきたのが日本の社会の現実である。また、学校の校則にしてもしかりである。

　企業が過ちを犯しそうに、また犯したときには勇気をもって指摘をすることが人間社会にとって重要なのではないか。そのことが、人間中心の社会生活へと導くのではないのか。

　私も人間中心の社会を切望する１人であり、そのように生き、行動をしているつもりである。今日では多様性を認め合う時代でもある。だから、自己主張が大切なのではないであろうか。なんといっても、国民がいての社会であり、働く者がいて企業が存続するのであるから、１人ひとりの多様性と価値観を認め合う社会が未来へつながっていくのであろう。

　４月は希望を新たに迎える月である。桜のように春を待って蕾をふくらませやがて満開の、偽りのない清らかな人生をと願う。

　桜の蕾が開花した木の下で、春の喜びに老若男女たちが人生を満喫して１日を楽しむ。戯れる会話に盃を重ね酔うほどに声を高らかに張り上げ、空に響き木霊させる。何しろ、日本は南北に細長く、四季を満喫できるから楽しい。四季折々の花々を観賞しながら飲む酒は嬉しいものである。

　桜の時節には都心のあちらこちらの公園で花見よろしく、昼間から宴会が繰り広げられる。俗に言う花より団子、団子よりお酒とあいなるのである。私のような酒飲みは、いろい

ろ理由をつけては酒を飲む。

　桜春に、新たな気持ちで春を迎えるのも良いものである。清らかな暖かい日々に薄桃の柔らかい桜のように優しく生きていきたいものである。4月は人生のはじまりであり、希望に燃ゆる季節でもある。

5月の旬に命をいただく

5月はいい

5月は楽しい

5月は喜び

5月は旬の季節

店先には旬が日ごとにかわるがわるならぶ

たらの芽は春をまちわびるように太陽に向かって顔をだす

天麩羅にして塩をふりかけて春の生命をいただく

竹の子は、柔らかい土にもっこりと春が来たぞと突き出して顔をだす

春を待ちわびた竹の子の香りをさしみや田楽で味わう

なんと幸せな旬であろうとつくづく感じる

山ウドは、私のような美白で香り高き旬はないと店先に顔をならべる

潮騒の海草と酢味噌和えの山ウドを口にすると独特の香りと苦みの味わいが何とも言えない

山ウドが消えるとエメラルドグリーンの細長い蕗がこれこそ旬だと顔をだす、

湯がくと透き通るような緑色が優しい

「まな板の上に置いて塩ずりし、沸騰した湯の中に入れて、さっと湯がき、水に浸す、衣を剥ぐように皮をむき、5センチくらいにカットして、水、白だしと酒をいれ、ひと煮たち

させる。そして削り節をまぶし冷めたら冷蔵庫に入れて冷や
す」

日本酒が飲みたくなる

蕗をかみしめると、何故か山間に流れる川の音が恋しくなる、
それほどに素朴な苦みをだきしめたものなのであろう

5月の青空がさわやかな風に顔を出すと、店先に緑色のふっ
くらしたさやに包まれている空豆が並ぶ

春をだきしめた温もりを、さやから取り出しさっと塩ゆでさ
やごと焼くもまたよし

青春の若さをいただくようでうれしくなる

旬はまだまだこれでもかと店先に並ぶ

谷中生姜、らっきょ、梅と5月を楽しませてくれる

5月の旬はとにかく美味い

酒が生き生きしてくるようで心はおどる

5月の旬に命をもらい、また1年生きのびられる幸せに

手を合わせたくなる

5月はいい

5月は楽しい

5月は喜び

5月が旬だから

旬から命をもらう季節だから

夏至のピンク色の雲

　今日6月21日は、昼間が最も長い夏至である。夏至は二四節気の10番目にくる。梅雨明けがまだ先の季節であるが、この日は晴天となった。北半球では1年のうちで昼の時間が最も長くなり、南半球では昼の時間が最も短くなるのである。「太陽の力が最も強まる日」とされ、各地で夏至祭が催される。その夏至の日から日1日と夏へと向かって行く。

　北半球では夏至に祭りをおこなうところがたくさんあり、とくに北欧で盛んに行われ、有名なのがスウェーデンの夏至祭りで、最も大事な日とされている。日本では、お伊勢参りで身を清める場所として知られる二見興玉神社（三重県伊勢市）で行われている「夏至祭」が有名である。伊勢神宮には太陽を神格化した天照大御神が祀られており、太陽の力が最大になると考えられている夏至の日に、二見浦で夫婦岩の間から昇る朝日を浴びながら禊をおこなう祭りである。

　近年では、夏至と冬至の夜、世界各地でキャンドルナイトのイベントが開催されている。このイベントは、照明を消してキャンドルの灯りだけで過ごすというシンプルなもの。日本では、東京タワーや増上寺のキャンドルナイトが有名である。

　季節の行事では食べものがついて回る。太陽の恵みに感謝し、豊作を祈願するようになり、夏至から11日目の半夏 生

までに田植えをする習わしができた。そして、田植えが終わると小麦餅を作って供えるようになった。十五夜に月見団子を備える風習も同様である。

　関西では、この小麦餅を「半夏生餅<ruby>半<rt>はん</rt>夏<rt>げ</rt>生<rt>しょう</rt>餅<rt>もち</rt></ruby>」という。また、稲の根がタコの足のように強く深く、広く根付いて欲しいと願い、タコを食べる風習があると聞く。

　愛知には、不老長寿の果物といわれたイチジクを田楽踊りに由来する味噌田楽で食べるところもあるそうである。

　それぞれ自然に感謝して自然の恵みをいただく行事であり、大事に受け継がれてきているのであろう。

　夕暮れの空を眺めると、雲がピンク色に染まりなんとも綺麗な空であった。梅雨の合間の一休みなのであろうか。子どもたちが、写真を撮ったりしていた。小さな子どもは、空を見上げてお父さんに綺麗だねと話をしていた。私までも気持ちがウキウキしてじっと眺めてしまった。

　細長くたなびく雲がピンク色の染まるのを見るのははじめてのことである。今日はきっと良いことがあると自分に言い聞かせながら帰宅へと。

　さてさて、そんな夏至に感謝して食べる料理を何にしようと、思案したあげく、夏を盛りきるために、ゴーヤを買い求め、カツオを買ってたたきにと台所に立ってせっせせっせと料理をする。

　ゴーヤの酢の物とカツオのたたきを肴に風呂上がりの酒で舌鼓を打ちながら、ピンク色の雲を思い浮かべていた。

　朝のラジオのニュースでは、視聴者から、昨日の夏至の空

の雲がピンク色に染まって綺麗だった、ピンク色の雲に虹が見えたとの便りが続々と届いていた。私に限らず、季節を大切にしている人たちがいて安堵した。今日も夕暮れの空を眺めて帰ることにしよう。

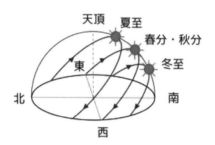

公園へ

　久しぶりに爽やかな日曜日となった。昨日までは、雨がふったりやんだりしていたが、入梅前のハッピー・サンディーだ。朝食をすませると、さっそく、サンドウィッチを作り、サラダ、つまみを少々、それに大切な命の水であるワインを用意して、リュックサックにパソコン、洗面具、筆記用具を入れて出かけた。

　マウンテンバイクに跨り、爽やかな、5月の日差しと風をうけ、銀輪は快適に前へと進む。昨日の雨で、土手の雑草や生い茂る草花は、生き返ったように青々として陽光を浴びている。ペダルをこぎながら何と新鮮な空気であろうと、たまらない気持ちになり、「ヤッホー」と勝手に叫んでいた。

　見るもの見るものが清々しく、こんな自分は"世界でいちばん幸せだ"と川上を走った。川岸の向こうは、あの柴又帝釈天。そういえば、今日は浅草の三社祭だと思いながら空を見上げると一面のスカイブルー。これで、日本の代表である富士山が見えれば、もう、言うことはないのであるが、少し贅沢であろう。

　目的地の公園近くまで来ると、湧き水が出ている所（知る人ぞ知る湧き水で、軟水の美味しい水である。）でペットボトルに水を入れて公園内へと向かう。高台にある広い公園。春になると、桜が満開となりたくさんの人で賑わう。私にとっ

ては、この公園が癒しの素敵な隠れた場所なのである。休日ともなると、子ども連れ、若者たちなどでバーベキューを楽しむグループもいる。

この公園で、200％の森林浴につつまれ時間を過ごすことができるとは、何と贅沢である。公園の奥にある高台の場所へ歩き、いつもの円いテーブルのある所へと向かった。たどりつくとさっそく、リュックサックからパソコンなどを出して準備した。

まずは、ワインのコルクをあけて、この森林浴の中で自然に乾杯と一杯やる。これ以上の贅沢は何処へ行っても見つからないだろうと、自己満足の陶酔にふける。

おもむろにパソコンに向かい、心地良い気持ちで打ち込んでる。何度も言うようであるが、ロケーションは素敵である。360度森林につつまれた公園の中、眼下は江戸川が流れ、天候はからっとした青空。主役のワインがテーブルの横に、そして手作りの肴（きのこサラダ、ポークソーセージ、カマンベール、サラミなど）。そんな所にいる自分を想像するだけでも何処かピクニックへ行ったような気持ちになる。

ここにいると、ザワザワしている街中を忘れさせ、ゆっくりと森林浴の空気温泉に浸かっているようなのである。

そんな思いで、何を書こうかと思案するが、自然のなかでただただ満喫している幸せに精一杯のような気がする。少し時間をおいてから、物思いに耽ることにした。

ワインが気持ちよく体に溶け込み、肴をつまみ、サンドウィッチを食べ満喫した。膨れたお腹をおさえ、芝生に大の

字になって陽光を浴びながらひと眠り。何と爽やかで気持ちがいいのであろうかと体を静めた。目が覚めると、頭の中で四行詩が湧いてきた。さっそくパソコンに打ち込み、すっきりした気分で公園を後に、江戸川の釣り人達の様子を聞き、夕暮れにさしかかった土手を後にした。

手長えび

　6月の自然の恵みは手長エビである。江戸川では夏のハゼ
しか釣らなかった。朝早く愛犬の娘（杏）と土手を散歩しな
がら河川敷におりて、川で釣りをしているお年寄りたちがい
たので、何を釣っているのか聞いてみた。

　細く短めの竿を川のブロックあたりに釣り糸をたらしてい
る。それは手長エビ釣りとのことである。私の友人もそうい
えば手長エビを釣っていると聞いたことがある。釣り人のバ
ケツでは可愛らしい手長エビが泳いでいるではないか。私は
それを見ると釣りというより、もう料理と食べることに頭が
働いていた。

　そんなことで、私もさっそく手長エビ釣りに挑戦すること
にした。6月の梅雨の合間、お年寄りたちに交じって河川敷
の護岸のテトラポットに竿を伸ばし釣り糸をたらした。当然、
私のことであるから、釣れなくても自然と楽しもうと釣りの
友であるビールを何本かぶら下げていった。釣りマニアから
すると不謹慎極まりないといわれるであろうが、そこは目を
瞑ってもらうことにしよう。

　釣り人たちは、私を除いてそこそこの成果であったが、私
のバケツの中には水がはいっているだけであった。そんな私
を気の毒がってか、隣の人が赤虫の餌をくれた。私は、キジ（ミ
ミズ）を使っていたのであるが、赤虫のほうが釣れるという。

確かに、釣れた方がいいことではあるが、自然の中にいることで満足な太公望の私である。

　釣れなくても、川、風、緑などの自然があり、釣りの友の酒がある。そこに私がいるだけで満足なのである。ようやくその日は１匹の成果を持ち帰った。お年よりたちは朝起きるのが早いせいなのか、５時〜６時頃から来ているとのことである。ハンディはあるが気にせずに友を飲みながら楽しんだ。今度、釣りをするときには早起きしていくことにしようと、自宅へもどった（我が家は土手のすぐ裏なのである）。

　そして、次の休み日に再挑戦と手長エビ釣りに行った。前回と違って今日は先輩たちに教わった学習機能を発揮したせいか成果があった。その成果をバケツに入れて帰りながら、手長エビのから揚げで一杯やろうと考えた。

　夕食のテーブルには、桜色の可愛らしい手長エビの肴が皿に盛り付けられた。カラッと揚った手長エビにレモンをたらし、嚙みしめると爽やかでさっぱりとした食感がたまらない。

　素朴な肴を相手に酒を飲むと、１日の遊び疲れた体がゆっくりとほぐされていった。やっぱり自然というものはいいし、自然の恵みに感謝しながら日々を過ごすことは命を再生してくれているようで嬉しい。今日も感謝感謝で床についた。

　すいすいと

　手長をのばし

　エビおよぐ

　６月の梅雨

　雨のち曇り

あさがお・ほうずき・ふうりん・かき氷

　7月に入り季節はいよいよ夏へと向かいます。

　朝のひんやりとした空気の中で、薄紫色の朝顔は私がいちばんきれいと競い合ってラッパを広げます。朝露にぬれた朝顔から、透きとおるような小さな輝きの雫が零れ落ちます。気持ちよい爽やかな目覚めです。

　朝顔市は、朝早くから人出で賑わいを見せます。下町の人々の息吹きを感じさせる市です。

　そのあとから、私の出番だと待っていた茜に染めたほうずきが、下町のほうずき市に並びます。花屋の店先にも季節の花として、お盆にむけて並びます。ほうずきは、お盆に欠かせない花の1つです。

　少しお盆について話をと思います。お盆は、亡くなられた方が乞食にならないように、ひもじい思いをさせないようにとお供えをおこないます。また、ナスやきゅうりを牛や馬に見立てて細長い木の棒（割り箸を）脚に見立てて刺して飾ります。その家の不幸を乗せて帰ってもらうとして行われます。

　そこで、ほうずきについては、迎え火のときに仏様が迷わないようにと提灯に見立て、赤い色のほうづきが飾られるとのことです。ほうずきは、赤くて提灯に似ているところからきたようです。

　また、お盆の名前の由来については、お盆の上に供養物を

載せるところからお盆という説とも言われています。

　子どものころに、ほうずきをもんで種を出して、空になった丸い袋（風船のようにする）を口に入れて音を出して遊んだものです。そのほおづきを見つめていると、天気のよい夏の夕暮れ時に浮かんでいる雲を思い出します。

　夕暮れの風が軒下を通りぬけていくとき、吊るされた風鈴をチリンチリンと鳴らして去っていきます。チリンチリンの音色を聞くと暑い夏も、気持ちがやわらぎ身体を癒してくれます。風鈴には、鉄のものもありますが、やっぱりガラスに描かれた赤い風鈴が風流に思えます。

　子どものころ、縁台に座り、風鈴の音色を聞きながら、ガラスの器に入ったかき氷を無心に食べたことを思い出します。

　真っ白なかき氷にイチゴやレモンそしてメロンの鮮やかな色に子ども心は魅了され、どれをかけてもらおうかと悩みました。かき氷を口に入れると冷たさと同時にこめかみがジーンと痛み、その痛みが通り過ぎるとまた食べつづけます。

　幼子の夏の日の思い出、あさがお・ほおずき・風鈴・かき氷が懐かしく思い出されます。

　あさがおの
　顔をほそめし
　はじらいの
　薄化粧に
　青い匂いが

むかえ日の
茜染めしに
ほおずきや
仏迷わず
我が家へ帰る

風鈴の
音色やすらぐ
夕涼み

縁台で
汗をかきかき
かき氷

雨宿り

　関東地方にはまだ夏が来ない。梅雨明けはいつになるのであろうかと、愛犬を散歩させながら弓なりの土手から青空をのぞかせている空を眺めた。昼飯を済ませて、自転車スーパージェッターにまたがり、へっこらへっこらと漕いで図書館へと出かけた。夏は何処へと子どものように待ちこがれる思いと、背中にあたる暑い日差しを背負って、蒸し暑い風を感じながら街を走り抜け目的地の図書館へとたどり着いた。

　図書館へ着くと、早々にCD（ジャズ・クラッシック・シャンソン）を借り、いろいろな雑誌をペラペラと見て、ビデオと料理本（四季折々の漬物）を何冊か借りた。

　借りた物をリュックサックの中に入れて帰ろうとしたところ、大きな窓ガラスにキラリと光線が写って雷がゴロゴロと鳴りはじめた。そのうちに、雨が窓ガラスを叩きつけるように降りはじめ、私の帰る足を止めてしまった。

　蒸し暑い日差しを受けながら自転車で来たので、当然傘など持っているわけがなく、帰るに帰れず雨宿りとなってしまった。幸いにして、図書館を出る前だったので濡れずにすんだ。雨の上がるのを待ってソファーに重たい体をどっしりと下して、ラックにあった週刊誌や娯楽雑誌を見て時間をつぶした。雨宿りでも、こうして図書館で過ごすのも贅沢極まりないと気持ちもゆるむ。

灰色の空から降りそそぐ雨を見上げながら、夏遠からじと気持ちははせていた。雨宿りもそこそこ1時間ほどたったであろうか、雨が小降りとなってきたので、そろそろお尻に根が生えないうちにと重い腰を上げた。よっこらしょとばかりに立ち上がったら、前のソファーに財布が寂しそうに主人がいないとポッツリと置かれていた。きっと誰かが落していったことに気づかずに帰っていったのであろう。

　拾った財布をカウンターに預けたが、落した人は今頃あたふたして探しているであろうが、私は幸せを拾ったような気分で、どうかご主人のもとへ戻ってほしいと願いつつ小雨降る中を自電車にまたがり土手を走り自宅へとペダルを踏んだ。

　それにしても、夏はまだかいなである。

　雨宿り
　幸せ拾い
　一休み

土用の丑の日

　土用の丑の日、今年は7月28日だそうである。この日は
ウナギの蒲焼きを食べる。

　なぜ、土用の丑の日と言ってウナギの蒲焼きを口にするの
であろう。暑い夏の日に少しでもエネルギーを補給し、夏バ
テを解消して体を癒すためでもある。疲れを癒すのは何もう
なぎの蒲焼だけではない。暑い夏には水分が体から汗となっ
て流れるように出るから、当然として水物が欲しくなる。西
瓜、胡瓜、梅干しに冷たいお粥などを口にするもの疲れた体
を癒す土用の日に食をする。

　ウナギの蒲焼でも私が特に好きな部分は兜焼きと肝焼きで
ある。

　ところで土用の丑の日とはいつなのか。二四節季の春夏秋冬
の変わり目のときをいうとのことである。今では夏の土用をい
うことが定着となった。7月20日ころから約18日間をいう。
だから土用の丑の日はやその年によって回数も異なるのである。

　それにしても今年は新型コロナ感染の拡大と気候変動の影
響でとにかく暑い。世界各地では、異常気象が起こり、生き
物たちや穀物の場所も変化が起きている。私たちが食べるお
米は、北海道では寒さで作ることは難しかったが、最近では
北海道米が作られたてブランド米として売られている。

　でも、地球温暖化は何とかしないとテラ（地球）が破壊さ

れ人類の生命までもが大変なことになる。だから各国が CO_2 削減に力を入れているのである。私の子どものころは、高層ビルが無く、木造の家が大半だったから、風が部屋に入り込んで、団扇を仰いで暑さを忍んだ時代であった。いまは、隙間などない建物で、エアコンで温度を調整する時代。電力を大量に使うから当然 CO_2 が増える。こんなことを書いている私の部屋もエアコンをつけている。

　この CO_2 について、偉大な手塚治虫さんは著書の『ガラスの地球をすくえ』で20年以上前に地球環境について警鐘を鳴らしていた。やっぱり手塚さんはその先の時代を読み取る素晴らしい科学者でもあると私は思っている。ただの漫画家ではないのであると。

　そんなことを考えていると、私としても何かをしなければと、エアコンのスイッチを切って暑いが窓を開放し、風でも入れて風鈴の音を聞き団扇を仰ぐとしよう。掻いた汗は、水分補給に胡瓜の丸かじりと、28日には、少し贅沢ではあるが鰻の蒲焼を肴にしてお酒をと思う。

　まだまだ夏は始まったばかり、体力を養うために季節の野菜と魚を楽しみながら乗り切っていくことにする。

　土用の日
　香りが誘う
　店先に
　煙に巻かれ
　鰻を口に

洗濯物

　真夏がまだまだ続く。今年は気温 30 度以上の日が記録的に続いている。巷では、この暑さにビアガーデンが大賑わいである。また、清涼飲料水の売上も笑いがとまらないとか。窓を開けると吹きつける風は熱風となって私の顔に襲いかかつて来る。こんなに暑い風ならと、「よーし」と思い、今日は洗濯日和の休日だと、汚れ物をかき集め、次々と洗濯機の中へとぶち込んで洗った。

　洗い終わったシーツをベランダの干し竿一杯に広げ、サンサンサンの太陽に日光浴をさせた。干された洗濯物は、風に吹かれて気持ちよさそうに青い空にすいすいと泳いでいる。

　風に吹かれている洗濯物を見ていると何だか自分も泳いでいるようで気持ちよくなってくる。

　それが終わると部屋の片付けである。暑い暑いと缶ビール片手に音楽を聴きながらの片付けもいいものである。当然作業は、マイペースでナチュラルである。ベランダに干された洗濯物もピアノの調べに踊っている。靴下はタップダンス、シャツはジルバ、パンツは絡まりながらのタンゴ、シーツは可憐にワルツを。

　踊りつかれた洗濯物たちは、もう乾いたよ暑くてたまらん、と言わんばかりに昇りつめた太陽を横目に催促をしている。まだ、洗濯物はないかと見渡したが洗う物はない。

では、私自身を洗うとするかと、ピアノとバイオリンの音色に心のシャワーをたっぷりと浴びせた。喉越しに流れるビールのほろ苦い味わいと繊細可憐な調べはなんと心地よいものであろう。

　窓辺から吹きつける風も、夕暮にはほんの少し和らいだ。

　真夏日の
　風にたわむ
　蒼空にすいすい
　干し物の踊り
　心地よきかな

雲

　春の陽だまりにポッカリと浮かんでいる雲は、綿帽子のようで心を浮きうきさせる。そんな雲に一度は乗ってみたい。水蒸気の固まりだから乗れないことは分かっているが、子ども心のようにわくわくさせられる。♪ぽっかり浮かんだ白い雲♪と歌ったのは美空ひばりだったか。そんな雲を土手に寝っころがり見ているとついつい時間を忘れさせられる。

　夏の大空にニョキニョキと涌きでる入道雲は、何か力強さを感じる。

　じっと眺めていると雲は変幻自在に形を変えて、ダルマになりゲンコツになり、はたまた龍やシロクマへと面白く造形する。先日、寅さんゆかりの柴又に行った時のことであるが、暑さの中で澄みきった蒼穹を見上げると、なんと鳳凰の雲が気持ちよさそうにゆっくりと流れて飛んで行った（右写真）。きっと何か良いことがあるかもと思った。

　また、沖縄で見た太陽が西の彼方へおちてゆく時に雲が真っ赤に染められて燃えるようだったのは、何ともエネルギッシュに感じ、感動させられた。

　夏から秋に変わると、青空は手のとどかない高さへと。そんな空には、鰯雲がたなびく。じっと眺めていると、何やら文様のようにデザインに見え芸術の秋にふさわしい。その青空と雲をすいすいと泳ぐ赤とんぼは永遠の命を運んできてく

れるようだ。秋のそよ風、青空に雲、すがすがしい気持ちに心もさわやかに浄化してくれる。それは秋のせいなのでもあろう。戯れるそよ風と私。

　日が落ちて晴天の冬の雲はあまり見かけないが、曇天のときの垂れ込めた雲は鉛のように重たく感じる。心もついつい重たく感じてしまう。でも、北欧の冬空に見た雲の切れ目から陽光がさした様は光のカーテン。何か天使が地上へと舞い降りてくるようで美しく感動と心を浄化させられた。

　春夏秋冬に青空のキャンバスに描き出された雲の芸術は日々の疲れを心とも揉みほぐしてくれる。雲は笑ったり怒ったり悲しんだり泣いたりするのだろうか。それは私の心の中に存在する雲かもしれない。

蟬の命

今年の梅雨明けは８月に入ってようやくやって来た。35度をこす真夏日が否応なしに地面に叩きつけるように焼きつけ、反射させ照り返す。歩いているだけで、体中の水分が皮膚から吹き出すようにびしょびしょになり、シャツはバケツの水でもかぶったのかのように濡れてしまう。やっぱり夏である。

地面を何気なく見ると蟬の屍が目につく。蟬は、土の中で７年間という長い間命をはぐくんで、地上にひとたび出ると１週間で死んでしまうという悲しい運命を背負っている。他の生き物たちは１週間で死ぬようなことはない。あまりにも短い蟬の命である。その短い１週間の命を蟬はどう過ごすのであろうか。

人間にたとえれば、恋に陥りその情熱を燃焼させてしまったのか。それとも、悲しくてミンミンと泣き続けて終えたのであろうか。また、人生に未練を残し命の尽くしていく恐怖におびえながら去っていったのか。

蟬の宿命といってしまえばそれまでだが、ミンミンと泣く蟬の声を聞くと、もの寂しく哀れでならない。人間の寿命はといえば、年々長くなっているという。生きているというか生かされているというべきなのか。とにかく長寿命となってきている現代である。仏教の世界では、釈迦の掌で生かされ

ているといわれている。

　長生きをするというのは喜しいことである。しかし反面、肉体的・精神的にも辛く苦しいこともおきてくるが、いたし方があるまい。

　そういえば先日114歳という世界最年長（ギネスブック入りした）の日本の女性が亡くなられたが、どのような人生であったのであろうか。あらためて命というもは尊く大切なものであると痛感する。だが、最近、命を粗末する事件があとを絶たたず、自殺・殺人・いじめなど悲惨な出来事が毎日のように報道されている。犯した人たちはいったい命をどう考えているのであろうか。よくよく考えてほしい。

　人間は生命（いのち）をいただいて（誕生して）、オギャーと生まれ、ハイハイから立って歩き、人間社会の中で1日1日肉体と精神は大きく成長していく。思考能力がつき、それぞれが判断できるほどに成長してきているはずなのに、何故いとも簡単に命をあやめるのか。そのまえに、その行動がどう影響してしまうのか考えてほしいと思う。

　どんなことがあっても、生まれてきた命を粗末にしてはならない。あらためて命のこと考えたときに、どんな生き方で一生をまっとうするのか、どうまっとうしていくべきか。長い長い人生をどう充実して生きていくのか。

　ともすると独りよがりに欲得を前面に出してしまう人間社会。そんな欲得を棄てて、あまり深刻に考えずに気楽に、片意地はらず無心に日々を大切に坦々と生きていくことだと思うが。人生を大切に豊かに生きるということは、そういうこ

とのような気がする。蟬は1週間でまっとうした。蟬には失礼だが、屍を見て命について考えさせられた。

　還暦も近づき、精一杯自分にあたえられた人生を生きるとしよう。

　何度となく書き直しているうちに、9月が過ぎ10月に入ってしまった。そういえば、蟬の泣き声がしなくなった。もう秋風と共に去って行ったのであろう。蟬といれかわりにコオロギがもの悲しく、胸を刺すように鳴いている。

　土おこし

　世にでて命

　7日間

過去……9月の終わりに……上空にて

　上空からの雲海を眺めているといつの間にやら、頭の中にしまい込んでいた過去が蘇るように浮かんできた。もう45年も前の昔々の青春時代のことであるから、埃を被った売れないお蔵入りの話である。人生の骨董品のぶるいではあるが、思い出すということは未練でもあり、懐かしい青春でもある。

　古いといえば、私の部屋に鎮座している土偶（埴輪）はレプリカだが、本物の時代はそれこそもっともっと古い。その時代の恋愛は知らぬが、主として収まっている。その中でもハート土偶と宇宙人のようなめがね土偶は大古のロマンを感じる。ハート土偶は愛のしるしとして、結婚したカップルにガラスで作られたレプリカを太古のように、いつまでも愛の結び糸が切れないようにとプレゼントすることがあった。

　話を元に戻そう。学生時代の若き出来事がたなびく雲海にふわりふわりと帰ってきた。別れたあの方は、今どうしているのであろうかと。幸せな日々をすごしているのであろうか、それとも辛い日々を急がしそうに重ねているのであろうかと。

　いずれにしても、別れというのはどのような事情があっても悲しい物語であることには間違いない。物語で終わってしまうと、映画のスクリーンである。そう言えば、そんな映画である「ローマの休日」を何回も見た。そのたびに、ラストシーンを思い出してしまう。私はあれ以来オードリーに心を

奪われ大ファンになってしまった。あの銀幕の相方のように若さがあったら大冒険でもするのにと。その後の彼女の生き方にも感動を覚えている。さまざまなノーベル平和賞が授与されているが、オードリーほどマザーテレサ同様に授与されても不思議では決してない。

　話を元に戻すが、雲海は私のそんな過去の出来事を無視するかのように、思い出すたびに風が意地悪に吹いて流れ消し去ってしまう。思い出というものは、懐かしくもあり悲しくもある。こんなに苦しめるものでもあるのであろうか。

　こんな時ときにはショパンの雨だれを聞きながら、ワインでも飲んでセンチメンタルにひたりながら気を晴らすのが一番の心の薬なのかも知れない。

　秋という季節は、落葉樹の葉が1枚々々落ちてゆくたびに刹那的に過去を思い出させ、そして去っていくのかもしれない。きっと秋の風は、そのために予期せぬときに訪れるのだ。

　こんなことを書いていると、永久の誓いをした我が愛する上さんの怒りの角が私へと突進してくるかもしれないが。それも雲海の消え去るシルエットの1コマとして、許しを請うこととしよう。

　雲海に

　浮かび上がるは

　過去の今

　秋忍び寄る

　心の奥へ

初冠雪

　我が愛する娘（犬のことである）の杏と土手を散歩した。雨続きの秋晴れとあってか、とても空気が澄んでいて清々しい。散歩がてらにラジオを聞いていたら標高2000メートルの山々では初冠雪の便りが届いていた。北アルプスの西穂高でも今年初めての積雪とか。

　冬が足早に近づいているのだなと、ラジオを聞き入っていた。土手の河川敷ではススキの穂が風になびき揺らいでいる。何時のまにやらススキも伸びて、銀色の穂をつけていた。やはり季節の変わり目なのである。

　今年は世界各地で大地をひっくり返すような異変が起きている。地震、津波、ハリケーンと日本も含めて被害が相次いだ。そして、何万人もの尊い命がなくなり、心が痛むとても悲しい出来事であった。つくづく自然の驚異に思い知らされた。この銀河系の地球が今後どうなっていくのかと心配である。

　しかし、こうした自然の怒るような大災害もあったが、豊かな自然の恵みもあった。今年も恒例である自然の恵みをいただいた。大イチョウの木によじ登り、枝を揺さぶるとたわわに実っている銀杏の実がボタボタと地面に叩きつけるように落ちる。

　今年の銀杏は、暑い夏が続いたせいか大粒に成長していた。固い殻を破ると茶色い皮をかぶった実が頭を出した。その銀

杏の実を火であぶると皮がむけてエメラルドグリーンの実が輝いて出てくる。吸い込まれるようにそれをを口の中に入れて、噛みしめると秋の味わいが広がった。やっぱり秋だー、う〜ん旨い。ビールが欲しくなる。

　そんな秋の恵みを感じながらの散歩。土手の脇に流れる江戸川は何もおこらないよと静かに流れている。川面は水面鏡のように黄金色にキラキラと輝きを映していた。

　遙か彼方の富士山は、何合目までかは分からないが白く雪が積もっていた。後１ヵ月もすれば真っ白で雄大な富士に化粧するであろう。

　そんな冬の訪れを待ちきれんとスキーヤー達は山々で初滑りを楽しんでいるとのこと。

　今年は、はたして暖冬なのであろうかと、ラジオの報道に耳を奪われながら、天空の秋晴れに、のんびりと散歩するのも気持ちがいいものである。のどかで平和を感じる一時、時間が川の流れのようにゆっくりと過ぎていった。

　秋風に
　揺れるススキの
　ウエーブに
　見上げる富士の
　真白きかなと
　　　……初冠雪にて

寅さんの下町

　今日は何処へと気の向くままに風まかせと、自転車にまた
がり江戸川の土手を走った。11月下旬〔22日〕にしては暖
かい小春日和である。土手を吹き抜ける風も、春を運んで来
たかと爽やかに私の前を通り過ぎていった。

　江戸川の上流へとペダルを踏んで、川を渡り千葉県民から
都民へと変身。江戸川の河川敷で少年野球の球音を後に、下
町へと急ぐ。目的地はあの寅さんで有名な葛飾柴又である。
自転車を土手に置き、柴又帝釈天へと土手を下る。

　寅さん記念館や、帝釈天は3連休の土曜日とあってか、は
とバス観光ツアー客などで賑わいを見せていた。

　寅さんといえば、寅次郎こと渥美清さん。彼の演技と言う
か、キャラクターが役者として最高であることは言うまでも
ないが、下町の人情にスポットをあてた山田洋次監督はたい
したものであるとつくづく思う。彼の哲学でもあるのであろ
うか。

　境内を出て参道を歩いていると、寅さんのあの恋、失恋、
お人よしな人情など銀幕の場面々々がよみがえってくる。「ふ
うてんの寅」は毎作見ても飽きることがないのは何故なので
あろうか。それは心の癒しか、人間としての大切な何かをく
すぐり、心をぐっと引きつけるのであろうと思う。

　映画のシーンを思い出しながら、参道のとらやで草団子を

買い、ほお張りながら、右へ左へと目と首がまわる。浅草の参道とはまた雰囲気が違うが、私には柴又が庶民的で身近に感じる。

アスファルトジャングルの都会を思うと、もうこれ以上環境を破壊する高速道路は要らない。この下町の情緒と人情、路地裏、これでいいのだとひとり納得する。

短い参道を通り抜けて角の店へついでにご挨拶（これが本命の目的か）。

ご挨拶がてらに、当然一杯とあいなる（参道の店よりも飲兵衛たちには安くて美味い）。オープンハウスのテラスで（聞こえはいいが、ようは路地裏の縁台）、串焼きと煮込みを肴に２杯ほど。

飲みながら人々の行き交う様子を眺めていると、平和だなーとつくづく思った。テレビのニュース報道では、小泉首相がイラクへ自衛隊を派兵すると意気込んでいるが心配でならない。小泉さんは、あの危険思想のブッシュさんと早く離婚して、世界の国々と平和外交路線を取るべきである。

それに平和憲法が死文化される危険性を、マスコミはもっともっと警鐘を鳴らし続けるべきではなかろうか。世界で唯一平和憲法（第９条）を制定している国であるから。マスコミが叫ばなくしてマスコミの由縁が死んでしまう。選挙報道でもそうであったがマスコミの功罪は大きい。

心地よい酒を飲んで、上げたくはない腰をあげ、参道へと戻り土産の草団子をぶら下げて帰路へ。土手においてある自転車へまたがりペダルを踏んで、都民におさらばし、橋の真

ん中で県民へと戻り、夕映えを背にして走り帰宅した。
　今日はなんと小春日和のいい陽気であったろうと納得して
床についた。

　そよぐ風
　もみじ赤らむ
　秋の空
　小春日和の
　陽だまり蒼穹

ポエジーに身を寄せて（四季に恋して）

ワインの四季

春
雪解けとともに春が静かにはじまる
草木が太陽に向かって新しい芽を出し始めるとき
若葉は青年が燃ゆるように天をめざして伸びる
太陽にエネルギーをいっぱいに吸い込み生命の泉をもらう
軽やかなロゼのスパークリングワインが青春の思い出をはじく

夏
灼熱の大地に炎のように燃ゆる向日葵
潮風になぎさを走る少女の亜麻色の髪がなびく
デッキチェアーに腰をおろし遠くに見える人生の海原を眺め
夏の入道雲がにょきにょきと青い空を突き刺すようにのぼる
喉の渇きに冷えた白ワインが疲れた人生を癒してくれる

秋
山々は夏の日差しに疲れ木々の葉は色づきはじめる

やがてオレンジとレッドのクレパスで山々の紅葉を描き出す
恋人たちはカフェのテラスで人生を語る
重なり合った温もりの手が愛を誓い瞳が星に輝いている
透きとおったルビー色のワインがやさしく愛を語りかける

冬
山々は雪で覆われエネルギーを体内から奪ってゆく
静まりかえった大地は生命を止めてすべての音を飲み込む
ペチカに燃ゆる木がパチパチと音をたててわれる心
ロッキングチェアーにゆれながら冷えきった人生を思考する
赤く渋いワインがゆっくりと人生を揉みほぐし暖めてくれる
繰り返される四季に恋人たちはワインに乾杯し人生に恋をする

四季に抱かれて（シャンソンのために）

バラの花びらは風に揺らぎ甘い香りを放つ
向日葵は太陽を抱きしめ碧空に笑顔で話す
イチョウの葉は黄色い絨毯を街路地に敷き詰める
ススキは銀色のウエーブ（波）に揺れて輝く
ナナカマドは雪帽子に包まれ口を閉じる
こうして四季が繰り返されてゆく
四季に抱かれて
貴女に包まれて

川のせせらぎにヒバリの唄が空に響き
蝶は花々に止まり甘い蜜を吸い込んで
夕暮れに赤とんぼが吸い込まれ消えて
あぜ道に夕鶴が羽を広げ羽ばたいてゆく
こうして四季が繰り返されてゆく
四季に抱かれて
貴女に包まれて

アコーディオンの音色に虫たちが切なく歌う
その響きは切なく夕霧に消えて行った
残ったのは貴女の足音と１輪のバラ
心はあの日の追憶を求めさ迷い歩く
こうして四季が繰り返されてゆく
四季に抱かれて
貴女に包まれて

1輪の赤いバラを抱きしめた貴女に
私はその温もりに包まれて眠り続け
永久（とわ）の愛を求め見つめる瞳
無言の言葉で明日を誓い合った貴女と
こうして四季が繰り返されてゆく
四季に抱かれて
貴女に包まれて

風花舞う

山から吹き降ろす風
ひんやりとした空気
寒さが身体を包み込む

穏やかな冬の空
日差しが眩いばかりに照らし
心の中まで入り込んでくる

晴天の空に浮かぶ雲
陽光にきらきらと
雪が宙を舞う

風花はほほをなで
舞いながら消えてゆく
思い出といっしょに

※今日、北国ではダイヤモンドダストがキラキラとまっているという

もぐら人生

土手を散歩していると
北風が川上から吹きつける
冷たいと体をちぢこませる
霜柱の上ザクザクと歩いていると
所々に土が盛り上がっている
土竜（モグラ）の悪戯か
人間どもが冷えびえとした真空の闇の中で
寝ている間に
モグラたちが餌を探して活動したあかし
こんもりと盛り上がった土を触る
何と柔らかいそして暖かい命が伝わる
トンネル堀りの名人もぐら
自然はまだまだ生きている
モグラに会ってみたい
きっと私と同じでヒゲをはやして
口をモグモグ動かして
生きるための餌を探しているのであろう
メガネを掛けていたらお笑いで
私と兄弟になってしまう
たぶんモグラはこう言うであろう
「好きこのんであんたと兄弟にはなりたくない」と
モグラは今日も生きるために
せっせと土を掘り続けている
握りしめた土は命を感じ

生きるということを教えてくれる
感動するとは自分が自然と向き合った時
私も自然に生きているつもりであるが
企業と言う束縛された中で
モグラ叩きに合いながら生きている
でも生きるという人生の魅力は
苦しくても楽しい
モグラを見習い人生を掘り続けることにしよう
人生はロマン　無限に心の中に広がる
掘ってもほっても尽きることはない
だが見えない壁もあり邪魔な石もあるであろう
それでも生きることは楽しい
モグラの兄弟よ一生懸命いきることに頑張るとしよう
北風に向かい散歩しながらつぶやく
そして震える口で
マラメル（フランスの 18 世紀の詩人）の散文詩を詠む

茜　カクテル

夕暮れが近づく
沈みかけた空は寒風に吹かれ
澄みきって冷たい
頬をたたきつけるようにして寒風が去って行く
天空は澄みきった臼をどこまでも広げ
東から昇りつめた太陽は１日の勤めを終え
天上から駆けるようにようにして西へと
命を削りながら落ちてゆく
沈黙の空は静かにゆっくりと茜に燃ゆる
燃ゆる茜は深みを増してゆくころ
太陽はすでに大地から姿を消え失せ眠りにつく
茜の上空は地上のオレンジブロッサムを残し
バイオレットフィーズのカクテルを撒き今宵を酔いしれる

深まる天空の空は
釜を形どった細い月が輝き浮かび上がる
昼間のカーテンに隠れていた星々たちも宝石をちりばめ
暗闇のキャンバスに輝き夜空を転回する
傷つき空虚な心の隙間から
柔らかな灯火が影を落とす
揺らぐ蝋燭の炎が微風に踊り
幻想の中で人生に問いかける
流れ星が希望を抱きしめ弧を描いて消えてゆく
暗闇のカカオフィーズ

月と星たちのブルームーン
人生のカクテルにゆっくりと戯れ
茜のカクテルに身をささげる

命のムギ

涙の粒ほど
小さなムギの粒
小さくてもいい
生命を繋ぎとめられるのなら
その小さな1粒のムギを噛みしめる
小さな
ほんの小さな幸せが口の中で広がる

そしてもうひとつ粒の麦
それは明日の幸せを願い土に埋め祈る
ムギよゆっくりでよいから
秋になったら元気な実をつけておくれ
実ったムギを刈り取り
また小さな幸せを噛みしめる
そしてみんなで分かち合おう
私のもらった幸せを

そしてそして
また明日の実りのために
今度は2粒のムギを大地に埋めよう
やがて爽やかな秋風が吹くころ
稲穂が揺れて幸せがたなびく
大地・水・太陽にありがとうと
大きな声で叫ぶ

そのあと
大地にたくさんのムギを蒔こう
命のムギを
童子たちの幸せのために
ムギは幼子が乳を飲むように
陽光をいっぱいに浴び
元気に戯れながらまっすぐ伸びる

春風に抱かれて

暖かい春風に吹かれて
恋人たちは小路を歩く
２人の影が陽光の中で
抱き合って後を歩いてくる

春風に抱かれた愛を
恋人たちは肩を寄せ合い
語らいをヒバリのように響かせ
溶け込んでいく恋人たちの温もり

暮れゆく茜は２人の瞳に映す
もう大空のキャンパスは
紅から藍色のカーテンを広げ
夜風と共に招き入れる

月光と星々の輝きに照らされ
恋人たちは心をそっと抱きしめ
甘い香りを残してそよ風の中に消える
今日の幸せを永久にと

つくしんぼう

心地よい春の風が書斎の本をペラペラとめくる
まるでこんにちはと挨拶をして
春をよろしくと言っているようである
春風に誘われて土手を歩く心
大地が喜びに満ちあふれて揺れている
私の歩く足もなんと軽やか
土手に生い茂る草花も少しずつ緑に色づけはじめる
緑の空気が現行的な気分
空はブルーでミルク色
太陽に背伸びしてあくびしている土筆坊
みんなちょっぴり遠慮して背伸びしている
なんとなく楽しそうにおしゃべりしている
このまま春が終わらなければと

3月の冷たい雨　ウクライナによせて

雨が悲しく降り注ぎ
涙をためた瞳はすべてを映すの
そして昨日の営みをいとおしく
戻してほしいと時の針を
民衆は叫ぶ平和を返せと
やがて雨のやむ日を希望にかえてと
それでも雨はやまない
3月の冷たい雨

雨が悲しく降り注ぎ
雨は瞳の中で真実を映すの
でも太陽は明日も登ってゆく
うつくしい大地と空の彼方に
子どもたちの笑顔と笑い声が木霊する
そんな日々を時の針は刻み込み
雨が降り注いだ過去へと
3月の冷たい雨

エンピツ

机の上に置かれた1本のエンピツ
淋しそうに寝かされている
何を書かされるかわからぬままに
今日は何を書くのだろうかと

エンピツは窓から差し込む陽光をうけ
微風は6面体を撫でるように流れ
原稿用紙は風に吹かれはためき
カラカラと転がるエンピツの音

握られたエンピツは生き返り
削られた黒い芯で生命（いのち）を書く
生きることとは何かと問いかけて
原稿用紙の1コマひとコマに文字は浮かぶ

エンピツの動きは止まり
明日を残して終止符（ピリオド）をうつ
生命の文字をつつみながら風は去っていった
そして明日また新しい人生を書くのであろう

窓辺から

深いオレンジがうっすらと消え
さめたバイオレット
天空は紺碧の藍
朝焼け
窓辺から眺める静まりかえった　景色
地面を這い上がり空の青さを紺碧の染める　太陽
屋根の上では小鳥たちが朝の会話
飛び立つ小鳥
青空に吸い込まれ点になる
コーヒーの香り
それは１日のはじまり
気持ちが落ち着く　一瞬
ポストの中は情報が一杯
新聞　情報配達人
それとなく見開く　新聞
何となく平和　気持ちの上で
眩い光が窓ガラスを反射して
天井を突き刺す
昨日の思い出が　消え去っていった
大地を紺碧だけが包みこむ
あれからどのくらい時が過ぎただろうか

蕗の薹
<small>ふき　とう</small>

長い冬
雪に覆われた大地
土の中では春の生きふきが
沈黙して生きている
深々と積もった雪を堀り起こす
そこには黄緑色の若芽がぽっくりと顔を出す
長かった冬から春を待ちわびるように
甘くほろ苦い春の香りが鼻を刺す
雪どけの小川の流れは透き通る水面鏡
それは心の鏡であり癒しの鏡
雪どけ上流からの音とともに流れて来る春
蕗の薹は薄明りの雪雲の空に
何気なく春を伝える

　雪われの
　土の中から
　フキノトウ
　春の香りを
　口残して

春の訪れ

木々、花々は待ちこがれたように
生き生きと天を仰ぐ
桜の花も喜びを隠せず
顔を薄桃に赤らめている
地面からはキュートに伸びる水仙
細長い体を背伸びして
白い顔にイエローの花を
誇らしげに飾っている
目線を真っ直ぐ向けると
名前の通り六つ弁が分岐して
くすんだ白色に黄色い粉をふりかけている
道行く足のたもとでは
オレンジ　イエロー　ホワイトなど
色とりどり弱そうな顔を大きく開いて
細長い足で立っている　オーパースター
陽光の中で木々や花々たちの喜び
公園の噴水も風にたなびき踊っている
鳩も子どもたちに追いかけられながら遊んでいる
ベンチでは人々が春を満喫するかのように
日差しを浴びている
自然　生きる　愛すること　人間　人生
何となくぼんやりとした幸せと平和

霧の中の街路灯

霧に包まれた街角
生暖かい空気がよどむ空間
何となく時間が静止した街
静まりかえった街路時の並木通り
歩く人々もまばらに足音だけが響く
2人ずれの姿も霧に吸い込まれ消える
街路灯も霧の中で霞み揺れる
くすんだ幻想的な光が2人を包み込む
その影がセンチメンタルリズムで見送る
霧の中の街路灯に

5月の風（May wind）

今日から暦もかわり皐月となる
新緑をむかえ１年の中でいちばん過ごしやすい
爽やかな日々がつづき風が新緑をくすぐる
サツキがこぼれるように赤・白・ピンクと咲き乱れる
ポッカリと穴があいた都心の休日
人々の急ぐ姿と息苦しさが消え失せ
一時の自然が顔をみせる
吹く風が気持ちよく身体を浄化する

暦の月はじめはメーデー労働者の祭典
曇り空にスローガンが響く
若者たちは鮮血のエネルギーと拳を上げて叫ぶ
まともな生活と職場をと
正規な社員が減りフリーターが増える社会
団塊の世代が定年をむかえ匠が消えてゆく
モンスターだけが笑いながら札束をかぞえる
雨まじりの行進に５月の風が吹く
疲れた身体に仲間たちとの語らいが弾む
喉を通りぬけるビールのなんと旨いことよ

銀輪を走らせ夕暮れに見た東の空
何年ぶりかの虹に心が奪われ感動の声
天空を指差しながら子どもたちに叫ぶ
ほら東の空に虹が見えると

振り向いた子どもたち
歓喜の声に虹は色を染める
きっと今日はいいことがあるかと
皐月のはじまりの1日は幸運な日

タンポポの綿帽子と子ども

爽やかな５月の土手
子どもたちは土手の坂を転げ落ちながら
土と雑草に戯れる
空は子どもたちの笑い声で弾む
けなげに咲いている黄色いタンポポ
恥ずかしそうに咲いている
緑の中できわだつ小さなイエロー
子どもたちは綿帽子を手にして
小さな金魚のような口で
空に向かってふぅーと吹きかける
飛び散ったタンポポの綿帽子が
爽やかな風に乗って
宙に舞い風の流れるままに
碧い空に飛んでゆく
太陽の光の中で銀色に綿帽子が
まばゆく幻想的に光る
空気よりも軽い綿帽子
子どもたちを包み込む
子どもたちとタンポポを印象的にスケッチ
５月の爽やかな今日の土手

5月の公園

爽やかな新緑の香りが
いっぱいに包みこむ公園
子どもたちは無心に噴水に戯れる
学校帰りのランドセルを背負った子どもたちも
我を忘れて遊びに夢中
自電車に乗った少年が5月の風を切るように
グローブ片手に公園を通り抜けてゆく
子どもたちの教室での緊張した顔は
そこにはもうない
世界中で今が一番幸せと言わんばかりに
こぼれるような喜びに満ちた顔
公園は子どもたちの天国
自由な広場
成長の場所
爽やかな5月の公園に乾杯

湯けむり

幾度となく繰り返す波の音
何千何万年と
波はとどまることを知らない
砂浜に寄せては返す
そんな繰り返される波を
露天風呂からぼぉーっと眺める
茜の染まった夕暮れが波の音と
センチメンタルに結合する
たなびく淡い乳白色の雲
沈みかけた太陽
鳥たちは夕暮れを後に我が家へと
群れをなして去ってゆく
雲の切れ目から沈みかけた陽光を浴び
褐色に空のキャンバスにシルエット
深まる夕闇にとばりがおりるとき
深紅から藍ブルーへそしてバイオレットへと
冬の湯けむりが空に揺らぐ

明日の虹

あの向こうには虹がある
歩いて　走って　追いかけて
昨日の影は振り向かない
明日の虹をつかむまで

青空の向こうには虹がある
小さな声　大きな声　ひびかせて
木霊する山の向こうまで
明日の虹をつかむまで

地平線の向こうには虹がある
飛んで　跳ねて　羽ばたいて
翼の自由を取りもどし
未来の虹は離さない

風鈴の音(ね)

暑い夏の夕暮
縁側の風鈴の音
風に吹かれて
チリンチリンという音が
疲れた体を癒してくれる
チリンチリンの音になぜか昔を思い出す
赤　白　紫の朝顔もつぼみ
縁台　将棋　団扇
泡立つビールに枝豆
蚊取り線香の匂い
ぶ～んという蚊の翅をこする音
風鈴の音が夕暮から夕闇に変わり
線香花火がチカチカ火花を作り
夏の夜の終わりをつげるように
ぽたりと落ちる
風鈴は夜風に吹かれ秋風を誘い
コオロギは夏の終わりに刹那的にチェロを弾く
あの昔の思い出が消えてゆく
そしてチリンチリンの音が止まる

シャボン

童子のりんごほっぺがふくらんだ
顔がシャボンでかくれんぼ
母さんシャボンが大空へ
あとから子どももたくさん飛んだ

青空へとけてゆくシャボン玉
入道雲の高さまで飛んでゆく
ふんわりふわふわ風に乗って
乗ってみたいなシャボン船

両手をひろげておいかける
黄色い声がこだまする
シャボンは逃げるどこまでも
虹に消えたシャボン玉

朝顔

黒い小さな種は土の中で（養分を吸収して）
その時が来るのをじっと待っている

やわらかな土を押し上げて
発芽した芽がニョキッと顔をだす

可愛らしい双葉が太陽に向かって
手のひらをひろげる

蔓は陽光を浴び成長し
竿にからまりながら青空へ伸びてゆく

真夏の朝靄の中でいつのまにか
ラッパのような大輪の花を咲かせる

赤や紫の綺麗な花が
日傘をひろげるようにして咲く

明日も平和なおとずれとともに
大きな花がひろがるように願う

命の水を小さな如雨露でそそぐ
にっこりと笑う童の顔が朝顔にかさなる

夏過ぎて

暑い日々の夏が過ぎて
茜が帰ってきた
夕暮れの青空に気持ちよさそうに泳いでいる
自由を満喫するように
透きとおった羽の向こうには貴方の香りが漂う
瞳を閉じて感じるままに時空の中で
貴方をうけいれ愛を抱きしめる
茜が秋の愛と別れを一緒に運んで消えていった
残されたのは昨日のロマンス物語
そして空になったビールグラス

秋……何となく

何となく秋にあこがれ
秋に恋をしてしまい
どこまでも追いかけた
銀色のススキのウエーブに
私の瞳は心を奪われ
夕暮れの陥る太陽に
わが身全身をゆだねる
秋風がさよならと頬をなぜて
北のほうへと去っていった
心地よい秋の季節に
何となく恋してしまった

恋におちいって
アンド　アイ　ラブ　オータム

秋の香り

ふと足を止めるショーウインド
秋の気配が忍び寄るインテリア
シルクのマフラーを首にかけ
コートをかざしたマネキン
秋を見つける瞳が寂しそう
何か言いたそうな
小さな唇がワインレッドに染めて
秋の季節を感じさせます

歩く街路時の並木も落葉し
秋を敷きつめる黄色いジュウタン
風が頬をなぜながら落ち葉をさらう
貴方の心も一緒に遠くへと
運んで行った秋の風
何か言いたくても言えない
この気持ちに心は閉じて
秋の季節を感じます

冬の朝

冬の朝の目覚め
窓越しに空を眺める
どんよりとした雲
けだるく重たそうに浮かんでいる

ラジオから流れる予報は雪か霙かもと
歩く土手は海からの風で寒い
川は寒さのせいか沈黙して流れ
タンポポの綿帽子も寒風に震えている

ふと子どものころを懐かしく思い出す
屋根の庇には尖った氷柱が垂れ
水溜りには青空を映す氷がはり
褐色の土は霜柱で押し上げられる

パイプをくゆらす煙が微風になびく
大寒が過ぎ冬至がやって来た
晩にはゆっくりと柚子湯につかり
無病息災を願い酒の肴に南瓜で一杯

暦は師走の下旬１年のしめくくり
来年に向かって急いでいる
大晦日は年越しの蕎麦でも食べ
新しい年を迎えると思案する

南欧風にだかれて（そよ風）

南欧風のそよ風が心地よく
私のほほをなぜて挨拶をする
おはよう　今日も元気と
テーブルに置かれたワインを乾杯とバッカスにささげ
昼下がりの陽光に照らされて口に含む
瞳を閉じた奥から貴女の微笑が浮かぶ
風に吹かれたリズムはいつまでも心に響かせ
一時の幸せをあたえてくれる
情熱的な太陽の下の昼下がり
心の奥まで照らしつづける
ほとばしる頬に空になったグラスに陽光がまぶしい
人生はなんと美しいメロディーのようにいかないのか
ジェラシー
鍵盤から奏でるしらべにうっとりと心を奪われる
南欧風の風とリズムに

あとがきとして

　日本は、南北に細長い列島であるが故に四季が楽しめる。各地域での四季は、その地方独特の文化と行事などを育み豊かである。だから、日本独特の文化や季節を堪能したいと、海外からの旅客が日本へ足を運び訪れてくる。北国では雪が降る季節でも、南の島は温かい。こういう豊かな国は日本だけかと思っていたら、外国にもあるとのこと。ムーミンで知られている作家のトーベ・ヤンソンス氏の『メッセージ　自選短編集』のあとがきで、翻訳者の久山葉子さんが書いている。「北欧人の考える春夏秋冬と日本人の考えるそれはまったく異なるものだ」と北欧人の感覚では、冬はいくつかの段階に分かれていると。

　また、四季について Wikipedia によると、「世界には四季の変化が顕著で分かりやすい地域と、四季の変化が分かりにくい地域がある。気候の変化は緯度や海陸分布の影響を大きく受けるためである。砂漠地帯、熱帯地方、極地などでは一般的に四季の変化が少ない。極地域、特に北極圏や南極圏では夏には白夜、冬に極夜となり日照時間の変化は非常に激しいが、年間を通して太陽高度が低いため、日照時間で考えるほど気温の変化は大きくない。」と記載されている。でも、北極圏のロシア極東サハ共和国のベルホヤンスクでは、2020年6月に38度の気温が観測されとのことにびっくりもしている。

地球温暖化が進んでいることは確実であり、人類の進歩とともに、世界各国での科学の進歩が地球の生命体を脅かし、各地で自然破壊が起こっている。まさしく人的な災害であると言える。取り返しがつかないことになる前に、世界各国では真剣に具体策を出してこのテラ（地球）を守ることが緊急最優先の取り組みではないであろうか。漫画家の手塚治虫さんが20年前に『ガラスの地球を救え』という本で警鐘を鳴らしていることにも驚きである。

　私たちも、もう一度シンプルな生活を考える必要がある、不便でもあると思うがどうだろう。スローライフで、地球をゆっくり回転させることも良いのではないだろうかと“温故知新”の4文字が頭をかすめる。

　日本の四季については、まだまだ私の知らない地域の四季と四季折々の祭り、行事などがたくさんあると思う。私は、身近に感じた四季を思うままにというか、体験と感じたことを書いてみた。日本各地の文化とそこに住む人々の生活と祭り事（行事）などを探究できたらと思っている。

　出版にあたっては我儘な散文を引き受けてくれた本の泉社の方々には感謝にたえません。この場を借り御礼申し上げます。

【起筆日一覧】

散文とエッセイ

薄氷	2008 年 1 月 3 日	追筆 2022 年 3 月 23 日
お粥と水団の味	2004 年 1 月 7 日	
富士と湯船	2004 年 1 月 28 日	
天然温泉	2006 年 1 月 27 日	
節分の前拾い	2003 年 2 月 3 日	
銭湯	2004 年 2 月 10 日	
平和という虹の織物	2003 年 3 月 9 日	
爽やかな混ぜに吹かれて	2002 年 4 月 16 日	
櫻春	1996 年 4 月 3 日	修正 2004 年 4 月 14 日
5 月の旬に命をいただく	2000 年 5 月 8 日	
夏至のピンク色の雲	2021 年 6 月 22 日	
公園へ	2006 年 6 月 2 日	
手長えび	2006 年 7 月 6 日	
雨宿り	1999 年 7 月 21 日	
あさがお・ほいずき・ふうりん・かき氷	2007 年 7 月 21 日	
土用の丑の日	2021 年 7 月 23 日	
洗濯物	2004 年 8 月 9 日	
雲	2013 年 8 月 20 日	
蝉の命	9 月	
過去……9 月の終わりに……上空にて	2010 年 9 月 30 日	
初冠雪	2005 年 10 月 23 日	
寅さんの下町	2003 年 11 月 22 日	

ポエジーに身を寄せて（四季の恋して）

ワインの四季	2001 年 5 月 25 日
四季に抱かれて（シャンソンのために）	2020 年 4 月 19 日

風花舞う	2008 年 1 月 17 日
もぐら人生	2006 年 1 月 8 日
茜　カクテル	2005 年 1 月 15 日
命の麦	2006 年 2 月 18 日
春風に抱かれて	2020 年 2 月 28 日
つくしんぼう	1991 年 3 月 20 日　修正 2022 年 4 月 10 日
3 月の冷たい雨　ウクライナによせて	
	2022 年 3 月 22 日
エンピツ	2006 年 3 月 16 日
窓辺から	1991 年 3 月 18 日
蕗の薹	2004 年 3 月 20 日
春の訪れ	1991 年 4 月
霧の中の街路灯	1991 年 4 月 13 日
5 月の風（May wind）	2007 年 5 月 2 日
タンポポの綿帽子と子供	1991 年 5 月
5 月の公園	1991 年 5 月 22 日
湯けむり	1991 年 5 月
明日の虹	2013 年 6 月 2 日
鈴虫の音	2004 年 8 月 20 日
シャボン	2006 年 8 月
朝顔	2006 年 8 月 23 日
夏過ぎて	2010 年 9 月 18 日
秋……何となく	2010 年 9 月 21 日
秋の香り	1991 年 11 月
冬の朝	2007 年 12 月 22 日
南風の風にだかれて（そよ風）	2010 年 12 月 3 日

季節の中で 二四節気七二候 詩文集

2022年 7月4日 初版第1刷発行

著 者　甲斐 貴史
発行者　浜田 和子
発行所　株式会社 本の泉社
〒113-0033　東京都文京区水道 2-10-9　板倉ビル2階
TEL：03-5810-1581　FAX：03-5810-1582
http://www.honnoizumi.co.jp
DTP　株式会社本の泉社（杵鞭真一）
©2022, Takashi KAI Printed in Japan

ISBN 978-4-7807-2214-7　C0095